編著◎堀　雅昭
Hori Masaaki

エヴァンゲリオンの聖地と

3人の表現者

—古川薫・山田洋次・庵野秀明—

付録①　宇多田ヒカル　付録②　「貴」とPSYCHO-PASS

《特別編》　馬場良治と集佑館

カバー装丁　UBE出版

表　紙　宇部新川駅近くの島通踏切から撮影（令和四年九月）

裏表紙　宇部新川駅の上空より宇部興産㈱（現、UBE㈱）工場群を望む（UBE㈱提供）

扉　表紙と同じ

扉　裏　かつて宇部線を走っていたクモハ **42001**（平成二二年一〇月・旧国鉄の幡生工場公開・山切真一郎撮影）

はじめに

明治維新の震源地となった山口県宇部市において、その後の文化振興の功労者は、戦時下に建築家の村野藤吾を招き、オーディトリウムとしての渡邊翁記念館を完成させた俵田明であった。

俵田は渡邊祐策が興した沖ノ山炭鉱を近代化し、化学工業に「革新」した産業界の恩人である。だが、それ以上に地域史に名を刻んだ文化人でもあった。

そんな俵田を主題とした『宇部と俵田三代』(令和四(二〇二二)年八月刊)の執筆中に、限られた地域からユニークな人材が、その後も輩出されつづけた理由が気になっていた。

日本一の富豪となった柳井正さん(株式会社ファーストステアリング代表)。シン・エヴァンゲリオンでブレイクしたアニメ興行師の庵野秀明さん。下関で生まれながらも小学校から青年期まで宇部で過ごした直木賞作家の古川薫さん。映画監督の山田洋次さんも、敗戦により満洲から引き揚げて暮らした藤山での体験が、「男はつらいよ」シリーズのモチーフになっている。

そのいずれにも、俵田明がけん引した「革新」の美術工業都市の残影があった。

美術界でも、古くは渡邊祐策の庇護を受けた日本画家の西野新川(本名・西野博)画伯がいた。

島根県津和野出身の安野光雅画伯は、宇部工業高校に進学し、明治町や藤山で暮らしている。

洋画家の松田正平画伯も島根県日原町出身ながら、やはり宇部の松田家に養子入りして、宇部中学(現、宇部高校)時代から油絵に目覚めていた。

現役の日本画家では、馬場良治画伯の墨絵を、際波の集估館で見ることができる。

ジャーナリストでは戦場カメラマンの橋田信介さんが有名だった。

音楽界では、緑橋教会の牧師の子で、シンガーソングライターの陣内大蔵さん。元EXILEのボーカル清木場俊介さんや、元モーニング娘の道重さゆみさんなども宇部市出身だ。

演劇界では演出家の品川能正さん。女優では西村知美さんや〝みっちょん〟こと芳本美代子さん。『Gメン75』（TBS系・一九七五年～一九八二年）で活躍した藤田三保子さんも郷土ゆかりである。

すそ野は広く、ノーベル医学生理学賞を受賞した本庄佑さんも、宇部で青年期を過ごしていた。

朝鮮半島から来日して昭和六（一九三一）年から宇部で生活をはじめ、上宇部小学校や長門工業学校で学び、宇部鉄工所に勤務した加藤九祚さんは、日本を代表する民俗学者になっている。

最近では、ショパン国際ピアノコンクールで入賞したピアニストの小林愛実さん。音楽バンドYOASOBIのAyaseさん、芸人のやす子さん、お笑いコンビ「完熟フレッシュ」の池田57CRAZY（本名・池田哲也）さんなど、枚挙にいとまがない。

こうした多彩な人材が輩出され続けた背景を詮索するうちに、俵田明と村野藤吾の手で戦前に築かれた「革新」の文化的土壌の存在に思い至ったのだ。

そこで本書では文化・芸術の分野で評価がおおむね定まった古川薫さん、山田洋次さん、庵野秀明さんの三人にスポットをあて、戦前から戦後にかけての時系列で、巨匠たちの原風景を炙り出すことにした。巻末には《特別編》として、馬場良治画伯のインタビュー「馬場良治と集佑館」も所収している。

表現者たちの生い立ちと、作品の聖地を巡礼する新たな文化論となればありがたい。

令和五（二〇二三）年二月

堀　雅昭

背景：宇部興産㈱〔現、UBE㈱〕工場群
（令和3年12月）

エヴァンゲリオンの聖地と
3人の表現者

―目次―

宇部興産㈱〔現、UBE㈱〕の工場（令和3年12月）

宇部市沖宇部からUBE㈱を撮影（令和４年９月）

山田洋次

マップ 46～47

庵野秀明

マップ 68～69

興産大橋(令和4年9月)

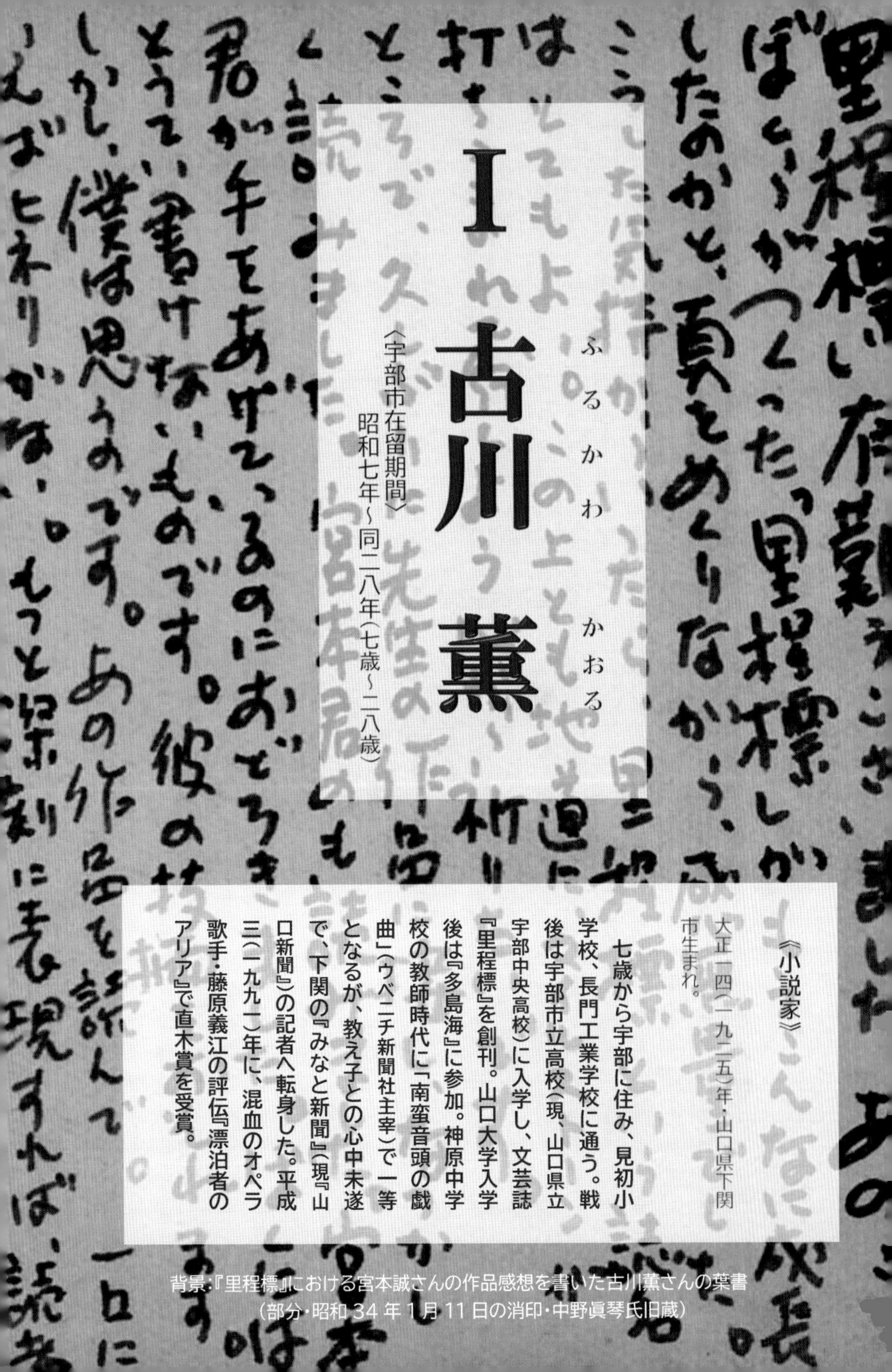

Ⅰ 古川《ふるかわ》 薫《かおる》

〈宇部市在留期間〉
昭和七年～同二八年（七歳～二八歳）

《小説家》

大正一四（一九二五）年・山口県下関市生まれ。

七歳から宇部に住み、見初小学校、長門工業学校に通う。戦後は宇部市立高校（現、山口県立宇部中央高校）に入学し、文芸誌『里程標』を創刊。山口大学入学後は『多島海』に参加。神原中学校の教師時代に「南蛮音頭の戯曲」（ウベニチ新聞社主宰）で一等となるが、教え子との心中未遂で、下関の『みなと新聞』（現『山口新聞』）の記者へ転身した。平成三（一九九一）年に、混血のオペラ歌手・藤原義江の評伝『漂泊者のアリア』で直木賞を受賞。

背景：『里程標』における宮本誠さんの作品感想を書いた古川薫さんの葉書
（部分・昭和 34 年 1 月 11 日の消印・中野眞琴氏旧蔵）

⑩神原中学校　⑪昭和 10 年 5 月のオートジャイロ墜落地　⑫新婚生活を送った「岬台住宅営団日発社宅」（現、草江 3 丁目界隈）　⑬句寄海岸にあった宇部航空輸送研究所の飛行機格納庫（沖宇部炭鉱付近・推定地）　⑭石炭記念館前に鎮座する「向田兄弟の顕彰碑」

（※「国土交通省国土地理院地図」より作成・令和 4 年 7 月）

❶『大宇部行進曲　黒い旋風』が封切られた映画館「記念館」 ❷古川さんが入学した長門工業学校 ❸岩松文弥歌碑（宇部市役所の対岸） ❹日本発動機油株式会社（通称、日発） ❺「すまる」に登場する新川市まつりの水神様（中津瀬神社） ❻定時制宇部市立高校。校舎は琴芝の俵田明邸（現、林芳正事務所）の隣奥の職業訓練所内の2階建て（『〈上野英信の生誕地にて〉その他』「夜の中へ昼を」） ❼東新川駅前にあった古川さんの家 ❽敗戦後に居候した二木謙吾先生の家 ❾古川さんが通った見初小学校（現在も同じ場所）

古川薫

宇部での生活

① 見初《みぞめ》小学校時代

〔昭和七年～同一三年〕 七歳～一三歳

直木賞作家の古川薫さんは、大正一四(一九二五)年六月五日に、下関市大坪町鉄道官舎で生まれたとされている。本籍地は広島縣比婆郡口北村大字宮内上市場八一番地〔※1〕だが、父の古川公治さんが、鉄道省幡生工機部の技手だったことで、下関での生誕となった。

その後、退職した父が昭和六(一九三一)年にシンガーミシンの代理店を宇部市に開いたことで、三男の古川さんも、宇部市で暮らしはじめる(『わが風塵抄』略年譜)。

古川さんは翌昭和七(一九三二)年四月、現在の宇部市松山町二丁目にある見初尋常小学校に入学した。卒業は昭和一三(一九三八)年三月である。

見初小学校は昭和五(一九三〇)年四

古川さんが通った見初小学校(昭和13年3月の見初小学校卒業アルバムより)

月九日に開校していた〔※2〕。

東見初炭鉱の労働人口の急増により、炭鉱夫たちの子弟の通う小学校が必要となり、網野光治を校長に据えて六九三名の児童数で緑ケ浜に開校しものだ。古川さんは創立三年目の入学であった。

そのころのエピソードを『完走者の首飾り』の「卵の味」というエッセイに、古川さんが少し書いている。

遠足時に持参した弁当のおむすびとゆで卵を誰か食べて欲しいと同級生が申し出たが、満腹だったので断念した、というたわいもない逸話だ。

ただ、戦時中の食糧難を経験した古川さんにとっては、特別な思い出だったのだろう。「口惜しい気がしたものだ」と述べている。

〔※1〕「昭和二五年三月卒業生　環境調査書綴　第三学年之部　第四学年之部」のファイル(宇部市立高校の教員だった中野眞琴氏旧蔵)。

〔※2〕当日付『宇部日報』「今日から開かる〉見初尋常小学校」。

② 宇部と映画

〔昭和七年〕七歳

令和元（二〇一九）年五月九日付『毎日新聞』（山口版）で、竹花周さんが「古川さんの置き土産〈2〉」で取り上げたのは古川さんと映画の出会いが「小学生時代」であったことだ。そのときから古川さんは映画好きとなり、女優・田中絹代の生涯をたどった小説『花も嵐も』（平成一四年・文藝春秋刊）を書くに至った。

この記事を読んで、執筆者の毎日新聞下関支局長の竹花周さんに古川さんの映画との出会いが「小学生時」だった事実を、どうやって知ったのかを尋ねてみた。すると下関駅前にシネマコンプレックス（複合映画館）ができたとき（平成二六年七月）、取材に応じた古川さん自身が語ったという答えだった（令和元年五月一七日に竹花周さんより戴いたメールより）。

そこで見初小学校に入学した古川さんが、最初に目にしたであろう映画を調べると、宇部を舞台にした自主制作映画の存在

昭和 7 年 5 月 25 日付『宇部時報』 映画「黒い旋風」広告

が浮かび上がった。

昭和七（一九三二）年四月九日付『宇部時報』は「愈々あすから炭都宇部撮影着手」と題し、京都の映画会社・東活から俳優が来て、宇部側でもエキストラ一〇〇名を募集していた。宇部市ではその自主製作映画の話題で持ち切りだったのである。

実際、五月二五日には助田の記念館（映画館）で、『大宇部行進曲 黒い旋風』のタイトルで封切られていた。

残念ながら、今となっては、この映画を見ることはできない。だが当日の『宇部時報』に載った広告には、「此処は労働の墓穴であり血と汗と脂の躍動する宮殿である」とあり、宇部を舞台にした映画とわかる。

巻頭題字を「渡邉祐策翁」が書き、市長の国吉信義や紀藤閑之介、藤本閑作、高良宗七、庄晋太郎といった重鎮らが賛助していた。沖ノ山炭鉱、東見初炭鉱、常盤公園、岩鼻公

園、常盤通りなどがロケ地であり、宇部の「芸妓」が総出演するとなれば、盛り上がないほうが無理というものだろう。
こうした自主映画まで制作して上映した「精神都市」の宇部が、作家の土台を作っていたことは、実に興味深いことである。

③ オートジャイロ郷愁

〔昭和一〇年五月〕 一〇歳

下関市立近代先人顕彰館（田中絹代ぶんか館）には古川薫さんの手作り本『エアロプレーンと私のかかわり』が残されている。商品化されなかった私家版で、ここに宇部時代の回想が見える。

「子供のころ私は海まであるいて、一五分ばかりの街にあった。まだ白砂青松といった美しい浜辺は…」〔略〕

「記憶にあるのは、その海岸にあった水上飛行機の格納庫の、無骨に盛り上がった黒い屋根だ。時折、数人の男女が渚にかけて敷いたレールをすべらせて飛行機を海上に浮かべるまでの一部始終を、子供の私は砂浜に寝ころんで見物したのだった」

小学生時代の古川さん（昭和 13 年 3 月の見初小学校卒業アルバムより）

ここに登場する「海岸にあった水上飛行機の格納庫」とは、現在の宇部空港に近い草江の句寄海岸（沖宇部炭鉱の付近）に昭和三（一九二八）年から建造が始まった宇部航空輸送研究所の飛行機の格納庫である。

宇部航空輸送研究所格納庫
（宇部市学びの森くすのき蔵）

葉方弘義という技術者が、沖ノ山炭鉱で成功した渡邊祐策に持ちかけて造った航空機の製造やパイロットの育成などを行う施設の一部だったのだ（『炭山の王国 ― 渡辺祐策とその時代』）。

古川さんの見初小学校時代は、草江海岸を中心に飛行機ブームが起きていた時期と重なる。

さて「オートジャイロ郷愁」では、航空機に興味を持った直接的な事件を古川さんが明かす。「ある新聞社が使いはじめた新鋭オートジャイロのお披露目の見学会に、全校児童が引率されて行った」ときに、離陸時に大勢の観客が見るなかで、前につんのめって機首を地面にぶつけて大破したというのだ。

　この事故については上宇部小学校に通っていた林亮策さんも「宇部と『ヒコーキ』」（『宇部地方史研究　第十五・十六号』「特集　語りつごう戦前戦中戦後」）で語っていた。墜落の場所は「今の岬漁港の西」界隈。現在の「うべ新鮮市場　元気一番」（宇部市八王子町）のある一帯であろう。

　あるいは昭和一〇年五月七日付の『宇部時報』は、前日に起きたハプニングを「大朝のオートジャイロ機　離陸の刹那大破」と題して報じていた。

　古川さんは大阪朝日新聞社のオートジャイロ機の事故から航空機に興味を持ち、航空機マニアとなるのであった。

④「すまる」と中津瀬神社

（昭和の初年）七歳から一〇歳頃

古川さん没後二年目の令和二（二〇二〇）年に、下関市が発行した『拝啓　古川薫さん』に未発表の短編小説「すまる」が所収されている。

　この作品に、「昭和の初年」ころと自ら語る、子供時代の宇部が登場する。

タイトルの「すまる」は井戸に物が落ちたときにロープをつけて引き上げるイカリ型の金具である。

人でにぎわった中津瀬神社と新川市まつり
（昭和 36 年頃・宇部市学びの森くすのき蔵）

　露店で売っていた「すまる」を目にした主人公が、子供のころ自宅の井戸に落ちた際、母親が投げ込んだ「すまる」で命拾いをした話を作品に仕立てたのである。「すまる」は隣家の鍛冶屋の徒弟マアちゃんが造ってくれたものだった。

　ここに宇部新川の中津瀬神社を中心に、毎年五月に行われる新川市まつりが描かれているのである。

「そのころ、わたしたちの町では、五月の水神さまのお祭りに、思いおもいの仮装をして、歌にあわせ杓子をたたきながら、道路をねりあるくシャギリというもよおしがありました」

　これにマアちゃんが参加したとき、真締川沿いですれ違った仮装の一隊の中にいた酔っ払いとトラブルになる流れである。

　なるほど、気性の荒かった昔の宇部人なら、ありそうな話ではあった。

子供時代の新川での思い出を小説にした古川さんは、そのころの宇部を、「埃っぽい町並み」と表現していた。

⑤ 長門工業学校

〔昭和一三年～昭和一七年〕一三～一七歳

見初小学校の一年後輩だった二木和夫さん（元山口県会議員）が昔を語る。

「ワシは見初小学校から宇部中学に行ったが、あの頃は長門工業学校…、今の県立宇部工業高校じゃが、そこに優秀なのが行きよった。学校を出りゃあ、すぐ就職が出来て金になりよった。古川さんは、そっちだった」（平成三〇年九月取材）

昭和 13 年から旧沖ノ山小学校校舎を校舎とした長門工業学校（UBE㈱蔵）

古川さんが長門工業学校の機械科に入学したのは、昭和一三（一九三八）年四月のことだ。元は新川鉄工所に敷設された私立宇部徒弟学校で、早くも大正三（一九一四）年四月に創立されていた。

手紙のやり取りをするなかで、晩年の古川さんから、長門工業学校の図書室にたくさんの種類の本が並んでいて、それを読むうちに文学が好きになったという話を聞くことができた。長門工業学校には、作家を生む土壌が備わっていたようなのだ。

幻冬舎から『君死に給ふことなかれ』が出てすぐ、古川さんから〈ゆうメール〉で拙宅に届いたのは、平成二七（二〇一五）年八月はじめであった。

驚いたことに、以前から求めていた私の要望に応える形で、長門工業学校時代の思い出を投影した作品に仕上がっていたのだ。「あとがき」には、「この物語は僕の私体験に基づいています」と但し書きがあった。「僕は小学校のころ、Z旗をあしらったリボンを胸につけ、校庭に整列して〈東郷さん、東郷さん〉の歌を合唱したことを覚えています」と古川さんが語ったのは、見初小学校時代の思い出である。

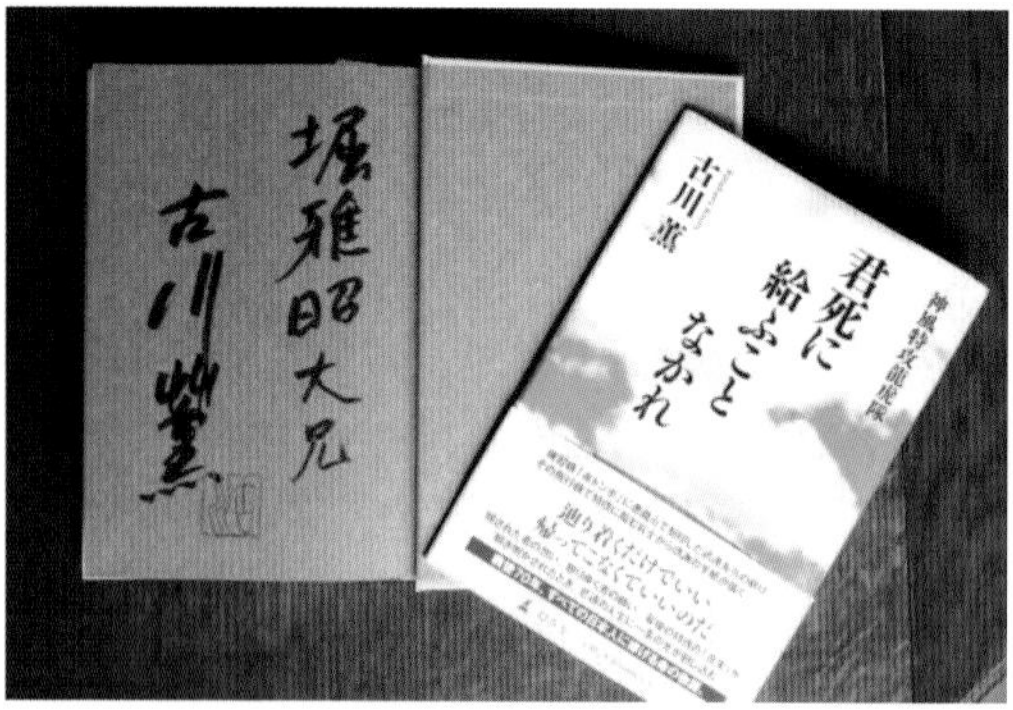

長門工業学校時代の思い出も投影されている『君死に給ふことなかれ』（筆者蔵）

小説では小学生時代にゴム動力の模型飛行機に熱中した主人公の深田隆平が、ゼロ戦のエンジニアを志し、「工業学校」に入学していた。卒業すると日立航空機株式会社羽田工場に職を得ていた。

長門工業学校の後身が山口県立宇部工業高校となる関係から、同校同窓会「防長工友会」の会長・大谷幸雄さんは、晩年に古川さんと付き合いがあった。

その延長線上に、自身が経営する大永商事㈱の創立五〇周年記念を兼ねて、同社から平成三一（令和元）年三月に宇部市立図書館に読書環境の充実のための寄付をされた。同館は、それを使い、令和二（二〇二〇）年一月に図書消毒機を設置している。

《コラム①》 古川さんからの書簡

『君死に給ふことなかれ』の深田が、古川さん自身であったことは、同書の出版直後に古川さんが書き送ってきた三枚の書簡で明確になった。その全文を紹介しておこう。

残暑御見舞申し上げます。

さて波木康人さんから貴兄の「いぐらの風土記」を送って来たので拝読しました（波木さんは「戦後７０年少年の記憶」（※１））。「里程標」はなつかしい思い出です。小生が書いた「ジープの家」（※２）というのは、どんなことを書いたのかすっかり忘れました。もしお願い出来たらコピイをお暇の折送って下さると幸甚です。「里程標」には三作ぐらい書いたはずです。

なお小生の履歴ですが、長門工業学校を卒業してすぐ就職したのは東京の日立航空機会社羽田工場です。二年足らず務めて帰郷。宇部市の日本発動機油株式会社に就職。それから兵役につきました。復員後、日本発動機油が平和産業に切り換え、日発産業になりました。同社につとめながら定時制宇部市立高校に編入。そこで中野先生（※３）と出会ったのです。一級下に宮本誠氏がおり、彼も小説を里程標に発表しています。

「君死に給ふことなかれ」は私体験を基にした小説ですが、日立航空機に勤務中の赤トンボとの関わりは事実譚です。

この本はおそらく小生最後の著書になるかと思います

二〇一五年八月十七日　古川薫

堀雅昭大兄

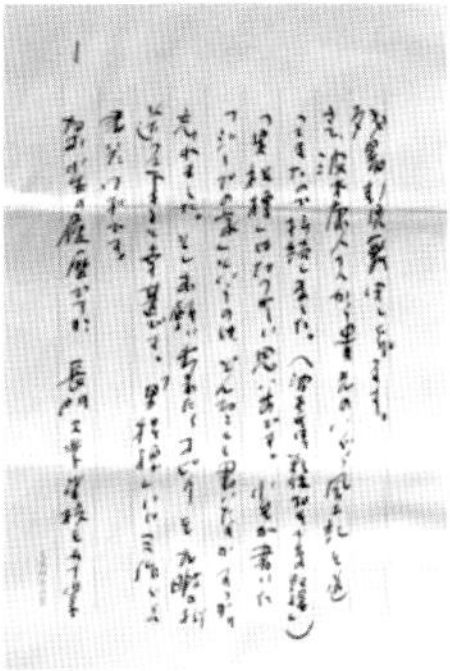

平成27年8月17日付けの古川さんからの書簡（部分・筆者蔵）

〔※1〕波木康人氏の「戦後70年・少年の記憶と証言」は平成二七（二〇一五）年八月一四日に『宇部日報』に掲載されている。波木氏がその記事と同紙連載中の拙文「いぐらの風土記」を送ってすぐ、古川氏が書簡を投函していた。

〔※2〕『里程標』創刊号（昭和二五年二月一五日）で、古川さんは「古河馨」のペンネームで「ジープの家」を発表していた。

〔※3〕中野眞琴氏のこと。

《コラム②》 先輩だった加藤九祚

古川薫さんより二年前の昭和一一（一九三六）年四月に長門工業学校に入学していたのが、のちに民俗学者として有名になった加藤九祚(かとうきゅうぞう)だった。

加藤さんは大正一一(一九二二)年に慶尚北道に生まれた在日朝鮮人(星州李氏で、朝鮮名は李九祚)で、宇部市に住んでいた長兄を頼って、昭和六年に宇部に来たのである(『アイハヌム 2022 加藤九祚』)。炭鉱で使う坑木を馬車で山から運ぶ仕事をする長兄を手伝った加藤は、やがて上宇部尋常小学校に入学。六年生のとき、校長の二木謙吾と教師(訓導)の紀藤巧に可愛がられ、学校全体の生徒代表に選ばれていた。加藤は優秀だったのである。

その後、月謝がタダとの理由から長門工業学校に入学し、午前中は勉強をして、午後からは宇部鉄工所で働く生活になった。

したがって、古川さんが一年生で入った時に、加藤は最終学年(三年生)であった。卒業後三年間は工場勤務の義務があった宇部鉄工所で働きながら、加藤は進学を希望した。

上宇部小学校で目をかけてくれた二木謙吾校長が、そのころ市役所の学務課にいて、相談すると見初小学校の代用教員の職を用意してくれたという。代用教員とはいえ、在日朝鮮人が教師になれる時代ではなかったと『わたしのシベリア体験から』で明かす。

教員生活はわずか一年だったが、採用された年の昭和一五年の『山口県学事関係職員録』で確認すると、見初尋常小学校の「准訓心」(准訓導の心得)に「加藤政夫」の名が確認できる。前年も後年も加藤姓はないので、それが当時の加藤九祚だろう。

学問好きの加藤は、昭和一六年一一月に横浜第一中学校での検定試験に合格。高等学校への入学資格を得て、昭和一七年四月に上智大学予科に入学した。ドイツ語を学び、哲学者になることを夢見たが、戦時中は陸軍の通信兵として活躍する。その後、敗戦でシベリアに抑留。昭和二五年四月に舞鶴(京都)に引き上げてきたのである。

加藤九祚博士
(uzbekistan.travel より)

つづいて新制大学となった上智大学文学部ドイツ文学科の三年に編入。昭和二八年三月に卒業すると平凡社に入社、編集者となる。ここで作家の井上靖や考古学者の江上波夫、民俗学者の梅棹忠夫たちと知り合った。

こうした人脈の助けで、昭和四六年に平凡社を退社してから、上智大学外国語学部の非常勤講師から学者の道を歩き始めるのだ。

昭和四八年に助教授となり、昭和五〇年には国立民俗博物館の教授。昭和六一年に定年退職すると大阪の相愛大学の教授となり、昭和六三年からは創価大学文学部教授となった(『創価大学人文論集　第一〇号』)。

著書や翻訳書など数多く、昭和五一年に第三回大仏次郎賞、平成一一(一九九九)年に南方熊楠賞、平成二三年に瑞宝小綬章を受章。仏教遺跡の発掘調査で滞在していたウズベキスタンの病院で、平成二八年九月に九四歳で死去した。

⑥ 修学旅行の思い出

〔昭和一六年〕一六歳

古川さんが『エアロプレーンと私のかかわり』に書いていた三年時の長崎県へ修学旅行の思い出が、なかなか面白い。

雲仙の高来ホテルという木造の洒落た宿に泊まった際に、フロアーに展示されていたA5版アート紙一〇〇頁ほどの航空図鑑に魅了されたという。「そのころから私は、軽度の航空マニアだった」と古川さんは語るのだが、なんと、その図鑑を「修学旅行のみやげにした」というのだ。無断で持ち帰ったわけである。

それは、ドイツ語で書かれ、胴体にハーケン・クロイツの黒いマークを入れたドイツの双発爆撃機ゴータG.IVが巻頭を飾る重厚な図鑑だった。

当時はナチが人気の時代である。とはいっても、いくら昭和一六年頃でも、盗んではマズイだろう。

にもかかわらず、罪の意識が微塵もない古川さんは、どれだけ自分が飛行機好きかを誇るだけなのだ。

⑦ 日立航空株式会社羽田工場

〔昭和一七年～同一八年春〕一七～一八歳

長門工業学校を卒業した古川さんは、日立航空株式会社に入社して羽田工場に勤務する。

寄宿舎が穴守稲荷の近くだったというのも『君死に給ふことなかれ』での設定と同じだ。「そこから毎日飛行場の柵に沿う細い道を一〇分ばかりあるいて工場に通った」という。

羽田工場で「赤トンボ」という愛称の海軍練習機を作り、ゼロ戦も作っていたが、後者は秘密工場だった。教育期間を終えた古川さんは企画室勤務になるが、やがて東京大空襲がはじまる。

⑧ 日本発動機油株式会社

〔昭和一八年春〕一八歳

「母親から〈帰れ、帰れ〉といってくる。しかし簡単には辞めさせてくれないのである。思案のすえ寮を脱走して帰郷した。母は知人に頼み、円満退職の道を

古川さんが働いていた日本発動機油株式会社
（『昭和25年版 宇部市勢要覧』）

つけてくれ、宇部市の日本発動機油株式会社に就職が決まった。この会社は飛行機のエンジンに使う潤滑油を作っていたが、そのころはノン・フリージングオイルを作っていた。厳冬期、北方の戦場を飛ぶ飛行機の不凍エンジン・オイルを作る陸軍の管理工場だった。せめて飛行機と関係のある職場を得て、何とか落ちついて仕事にはげんだ」(『エアロプレーンと私のかかわり』)

　古川さんの帰郷時期は、はっきりしない。しかし日本発動機油株式会社(通称、日発)から、「防空学校に入学せよ」といわれ、山口県庁近くの防空学校に入学した時期から、いつ頃かが推察できる。

　防空学校は全寮制で修学年限は三ヶ月だったようだ。『エアロプレーンと私のかかわり』に掲載されている修業証書には「昭和十八年七月七日」付で「本校普通科ノ課程ヲ修業セリ」と見える。

　逆算すれば入学は昭和一八(一九四三)年四月となり、その直前に古川さんは宇部に戻っていたことになろう。

⑨ 利子さんとの出会い 〔昭和一八年〕一八歳

　古川さんが新しい職場とした日本発動機油株式会社は、見初小学校から、そう遠くない宇部の海岸にあった。現在の港町一丁目の「サンエネルギー㈱港工場」の一帯にあった軍需工場だ。

　昭和二(一九二七)年に新川駅構内に開設された「日本フルゴール油会社」という小さな工場が、昭和四(一九二九)年に宇部製油会社と合併して東海岸の埋め立て地に日本発動機油株式会社の名で設立されたものだ。ここで製造していたフルゴール油とは、航空機のエンジンや自動車や自転車などに使われる機械油(潤滑油)である。

古川さんが最初の妻・利子さんのために出版した『歌集　蝶道』

　古川さんは、この会社で最初の妻となる橋本利子さんと出会う(結婚は昭和二三年春)。彼女こそが、後に作家として名を馳せる古川さんを、保険外交員として支えた糟糠の妻であった〔※1〕。

　古川さんは昭和五九(一九八四)年四月一八日に利子さんの『歌集　蝶道』を出版している。後に通名となった「稔子」は、利子さんのペンネームだった。

〔※1〕古川さんの長男・貴温(公温)さんは『エッセイ山口　第八集』で「五十に届こうかという歳に、二十数年間勤めた保険の外交員を辞めた」母について、「父の薄給をあてにはできず、家計の足しにと、ずっと働きづめだった」と回想している。

⑩ 敗戦と二木家 〔昭和二〇年〕二〇歳

宇部市に初めてB29による爆弾攻撃が行われたのは昭和二〇（一九四五）年四月で、藤山国民学校付近が被災した。同じころ、古川さんは丹波篠山の航空通信連隊に入隊。「軍隊に入るのは確実な死を約束されるようなこと」（『完走者の首飾り』）と回想している。

古川さんが同居していた屋敷を案内する二木敏夫さん
（平成30年9月）

その後、八月五日まで八回に渡って宇部は空襲を受けて敗戦を迎えた（『宇部大空襲 ―戦災五〇年目の真実―』）。

古川さんは『二木謙吾伝』で語る。

「私が軍隊から復員した直後、方向を失って彷徨しているところ、およそ三ヶ月ばかりも二木家に居候したときも、謙吾先生は実に寛容であった」

古川さんの家は、二木家のすぐ近くで、東新川駅前にあった。戦後、「三ケ月」間居候したという二木謙吾さんの旧宅は今も残り、孫の二木敏夫さん（昭和三五年生まれ）が外観を見せてくれた。

「古川先生は、右手の奥の家の方で暮らしておられたと父〔※1〕が申しておりました」

そこには古い玄関が残っていた。

敏夫さんは、指さしながらつづけた。

「叔父の和夫〔※2〕は一つ年下で、父は五つ年下でした。だから古川先生と兄弟みたいにして育ったと聞いています。謙吾という人は困っている人がいたら助けないといけないという信条の人なんです。それで家が近所で、息子たちと同じ小学校に通った古川先生が復員しても食べるものもなく困っていらしたので、住まわせてあげたのです」

すでに見たように、日本を代表する民俗学者となった加藤九祚に、学問の道を導いたように、後に直木賞作家となる古川さんにも、二木謙吾さんは暖かなまなざしを向けていたことになる。

〔※1〕元宇部市長で古川さんと幼馴染だった昭和五年生まれの二木秀夫さん。

〔※2〕大正一五年生まれで、山口県会議員副議長を務めた二木和夫さん。

⑪ 「文様」と岬台時代

〔昭和二五年〕二五歳

平成二七年の春、すなわち「二〇一五年四月二十七日」付で古川さんが私宛に書いた書簡には、昭和二五（一九五〇）年三月一〇日発行の炭鉱のサークル誌『沖宇部』第三号に発表した若き日の短編小説「文様」の思い出が綴られていた。

「小生が昭和二十二年、三年ごろ書いた短編で、尾崎一雄さんのところに送って批評を乞うたところ丁寧な返事がありました。原稿に添削して送り返していただいたことに感激しましたが、返却されたその原稿も今は紛失してしまいました」

古川さんは昭和二四（一九四九）年四月から翌二五年三月まで宇部市立高等学校の「第四学年」だったので、「文様」は卒業直前に発表した作品であった。

古川さんが住んでいた岬台を案内してくれた西村季芳さん（平成30年9月）

「M台上の市営戦災住宅に、独り移り住んでから二年目の春、私は妻をめとった」

小説の書き出しに登場する「M台」は、草江駅近くの岬台のことである。

住所は入学時に定時制宇部市立高等学校〔※1〕に提出した「宇部市東区岬台住宅営団日発社宅」である。そこでの新婚生活を、古川さんは小説に仕立てていたのだ。

天井がない粗末な家（バラック）で送った新婚期の「夏の夕方」という表現から、昭和二三（一九四八）年の夏であろう。

主人公が仕事から戻ると、妻が「大変ですよ」と騒いでおり、押入れを覗くと中にアオダイショウがいたので木刀で退治するが、結局、ヘビはどこかへ逃げたというたわいもない話なのだ。

当時、古川さんが過ごした家の跡は、同じく古くから同地に住む西村季芳さん（大正一四年生まれ）が教えてくれた。それは現在の草江三丁目界隈であった。


〔※1〕現在の山口県立宇部中央高等学校。古川さんの経歴などは、宇部市立高校の教員だった中野眞琴さんの所蔵する「昭和二五年三月卒業生　環境調査書綴　第三学年之部　第四学年之部」に所収されている。

⑫『里程標』の創刊

〔昭和二五年〕二五歳

古川さんから「二〇一五年八月十七日」付で届いた私宛の書簡には、太字の万年筆で次の言葉が綴られていた。

「復員後、日本発動機油が平和産業に切り換え、日発産業になりました。同社につとめながら定時制宇部市立高校に編入、そこで中野先生と出会ったのです」

橋本利子さんとの間に長男・貴温と長女・明日香がいた古川さんは、昭和二三（一九四八）年春に彼女と正式に結婚し、「大学入学資格取得の為」に、同年四月に定時制宇部市立高校に編入したのである（『わが風塵抄』の略年譜）。

古川さんは、これより前の昭和二一

（一九四六）年に平和産業に衣替えした日発産業株式会社（旧日本発動機油株式会社）に再就職していた。

　同じく宇部市立高校に通っていた文学仲間の宮本誠さんが、昭和五九（一九八四）年七月二〇日発行の『のんぶる』創刊号に「古川薫　若き日のことども」と題する追想記を発表している。

　そこに掲載されたのは、日発産業の工場機械の前でポーズをとる若き日の古川さんの姿だ。

　一方で、古川さんが語る「中野先生」とは、國學院大學卒業後に小郡農業学校に就職し、昭和二四（一九四九）年一月一日付で宇部市立高等学校に転勤してきた中野眞琴さんのことだった（『山口という地方での文学雑記』「十箇の里程標」）。

　そんな古川さんとの出会いを、中野さん自身が語っていた。

「第一回生を送った四月の新学期、古川薫という生徒が私のところへ来て、〈先生文芸部の雑誌をつくりましょう〉と申し出た。そうして『里程標』ができた」（『上野英信の生誕地にて』その他）

　その創刊号も、中野さんが所蔵していた。

　これこそが古川文学のスタートであったのだ。

　奥付きの発行日は「昭和二十五年二月十五日」で、「編集兼発行人」として中野眞琴の名前の左に「学年編委代表　古川薫」と印字されている。

上・『里程標』創刊号（中野眞琴氏旧蔵）
下・日発産業時代の古川さん（『のんぶる』創刊号）

⑬　山口大学教育学部（短期）へ

〔昭和二五年四月〕二五歳

　宇部市立高等学校の卒業間近に、古川薫さんは「北高」こと宇部高等学校を受験していた。進学を前提とした編入を目指したのだ。しかし昭和二五（一九五〇）年二月に不合格がわかり、恩師の中野眞琴さんに書簡を送っていた。

　裏に「岬台　古川薫生　二月二十日」とペン書きされた封筒に入れられた原稿用紙に、「小生、ようやくにして、山大入学を決意し」たと書かれている。

　それから一週間を待たない二月二六日に撮影された宇部市立高等学校の第二回卒業写真がある。前列中央に岩松文弥校長と社会科教師の中野眞琴さんが並ぶ。古川さんは、二列目の左から二人目のメガネ姿だ。

　この直後に古川さんは、山口大学教育学部の短期を受けて入学する。

　山大合格の報告を記した葉書（昭和二五年三月三一日消印）も中野さんの手元に

残っていた。そこには、「期待した程の嬉しさが湧いて来ず、むしろ、前途への負荷が生々しく、今更のように感ぜられます」と記されていた。「前途への負荷」とは経済的な困難であったようだ。

　中野さんが、「金がないときじゃったから、ワシが古川から自転車を買ってやった。学資の足しにしたはずじゃ」と生前に口にしたことがある。

昭和 25 年 2 月 26 日の宇部市立高等学校の第 2 回卒業写真。古川さんは 2 列目左から 2 人目（中野眞琴さん旧蔵）

⑭ 時擁寮と『多島海』

〔昭和二五年～同二七年〕 二五～二七歳

　山口大学教育学部（短期）に入学することになった古川さんは、「山口へ発つ直前、岬台の家にて」と記して（封筒紛失のため日時不明）、中野眞琴さんに書簡を送っていた。古川さんは『里程標』の編集を継いだ宇部市立高等学校の文学仲間の宮本誠さんと話し、原稿の集まり具合が悪いことを心配していたのだ。

　つづいて入学直後の昭和二五（一九五〇）年四月一二日の消印のある中野さん宛の葉書では、「本日入寮しました」と報告して、つぎの文面を続けていた。

「部屋は一室に二名あて、極く殺風景ですが、まあまあ我慢出来そうです。有富君とは一緒になれず、二つばかり部屋を隔てています。今こちらは温泉祭で、街は大いに賑わっているのです。いよいよ学生としての第一歩。やはり少年のような、かすかな怯れと好奇とで、何だか落つかないみたいです。明日は入学式、朝早く朝日山君がたずねてくる筈です。〈麦畑の中〉近いうちに整書して送ります。では、今日はこれにて（十日夜記）」

　当時、古川さんの住所は、「山口市芳澤町山口大学時擁寮」だ。現在の山口市役所の場所で、山口県師範学校時代の寄宿舎「時擁寮」が、そこにあったのだ。ちなみに「時擁」とは、明治四一（一九〇八）年四月の東宮殿下の山口行啓記念と

山口大学時代に古川さんが過ごした時擁寮（『創立六十年史』）

して山県有朋が記した記念碑の題字に由来していた（『創立六十年史』）。

この時期、古川さんは中野さんに頻繁に葉書を出していた。

昭和二五年七月二二日の消印のある文面はつぎである。

「里程標受取りました。内容も思ったより貧弱でなく、何かほっとした感じです。しかし、表紙の関係もあるのでしょうか。次の号は、一つぱっとした表紙をつけてはどうでしょうか」

その『里程標』は、昭和二五年七月二〇日に発行された第二号だった。奥付の「編集兼発行人」は「中野眞琴」で、「学生編委代表」は「宮本誠」とある。以前に送った「麦畑の中」という古川さんの小説も掲載されていた。

時を同じくして古川さんは山口市で発行されていた『多島海』にも参加する。

昭和二五年八月一〇日の消印のある中野さん宛の葉書に、「一昨日は多島海の会に出ました。九月の分に小生の〈工場附近〉が載ることになりました」と綴っている。『多島海』は作家の伊藤佐喜雄が山口市に居を構えたことで、昭和二三（一九四八）年一一月三〇日に創刊された地方では名の通った文藝同人誌だ（『文芸誌「多島海」のこと』）。

なるほど第三号（昭和二五年七月一日発行）の巻末には「同人名氏」として宇部の女流作家・上田芳江と共に、古川薫の名が見える。ただし次の第四号は昭和二六（一九五一）年四月二日の発行で、古川さんの〈工場附近〉という小説は掲載が無く、上田芳江の「搖曳（とれえる）」という小説が目をひく程度だ。

何らかの理由で、古川さんの小説は掲載が見送られたのだろう。古川さんの小説が最初に確認できるのは、昭和二六年九月三〇日に発行された第五号での「後裔」である。

⑮「みぞれ」の発表

〔昭和二七年〕二七歳

古川さんは昭和二六年度に山口市立白石中学校で教育実習を終えると、昭和二七（一九五二）年春に、山口大学を卒業した。

就職を斡旋したのも、中野眞琴さんだった。中野さんは生前、私に語ったことがある。

「ワシが岩松文弥校長に頼んだんじゃ。岩松校長は宇部市立高等学校と神原中学校の校長を兼ねていたから、古川を神原中学校に呼ぶことにした」

古川さんの教育実習時代の資料
（中野眞琴氏旧蔵）

中野さんとは『里程標』の創刊以来の付き合いである。

岩松校長も古川さんを知っていた。

「採用は昭和二七年四月じゃった。古川の赴任と入れ替わる形で岩松校長は学校を辞めたんじゃ」（中野眞琴談）

実は古川さんは、神原中学校の教員時代に「みぞれ」と題する私小説を『多島海』七号（昭和二七年七月一〇日発行）に発表していた。

そこには山口大学教育学部の時擁寮の生活が活写されていた。「軍隊の〈内務班〉に似た、荒れた感じのする、だだっ広い室」に、英語専攻の学生「潮本」と主人公は寝起きを共にする生活だった。

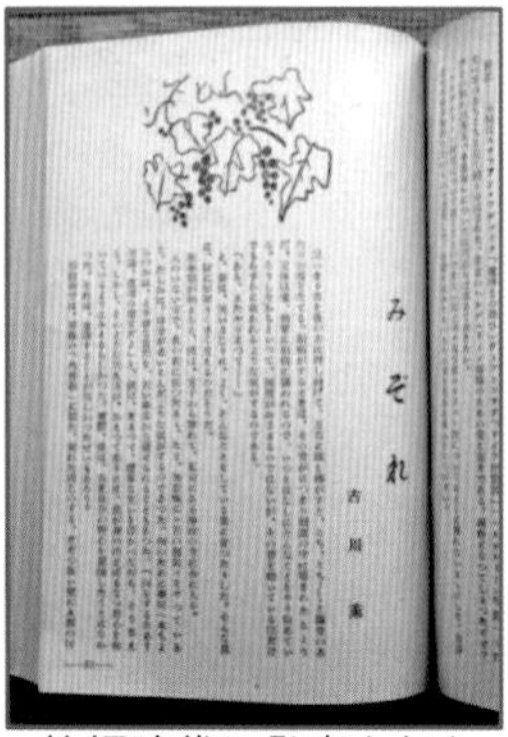

教師時代に発表された「みぞれ」（『多島海７号・山口県立図書館蔵）

そんな矢先に、妻の勤務先の「会社」が「G社」と合併し、「十一月二十日付で解雇になつた」と、妻が知らせに来たのである。主人公も、「その会社へ二年前まで僕も出ていた」と語る。古川さんが働いていた日本発動機油株式会社のことであろう。昭和二八（一九五三）年一月に発行された『宇部産業史』には、「最近は中國鐵機と合併」と見えるので、ほぼ実話と思われる。

妻の失業を知った主人公は、宇部市の岬台の「バラックのような戦災住宅」の「社宅」に戻った。

四歳児を抱えて失業した妻がいる悲惨な家庭環境である。そんななか、妻が「妊娠」を告げると「堕してしまえ」と主人公は吐きつける。そればかりか、「金がないぢや、話にならん」と叫んで妻の脛の辺りを蹴りつけて泣かすという悲惨極まりないDV小説なのである。

この時期の古川さんの生活もまた荒んでいたのではあるまいか。

⑯「春の炭鉱」が一等

（昭和二八年二月）二八歳

ウベニチ新聞社が募集した「懸賞募集〝南蛮音頭の戯曲〟」に応募して、古川さんが一等をしとめたのも、神原中学校の教師時代の昭和二八（一九五三）年二月一七日のことだ。

「南蛮」とは、江戸時代に発明された人力で巨大な糸巻きを回してロープを巻き付けて、炭鉱の坑道から水や石炭を排出する昇降装置「南蛮車（ナンバ）」の略であった。

常盤公園の石炭記念館前に鎮座する

『ウベニチ』に発表された佳作一席「春の炭鉱」（宇部市立図書館蔵）

「向田兄弟の顕彰碑」は、天保一一（一八四〇）年に南蛮車を発明した向田七右衛門と九十郎の兄弟を顕彰する目的で、明治四二（一九〇九）年に宇部共同義会と厚狭郡鉱業組合が共同建立していた。

宇部では早くも昭和四（一九二九）年に南蛮音頭を作成する際、市民から歌詞を募集し、詩人の野口雨情に手直しを求め、藤井清水に曲を付けてもらい、昭和五年にビクターからレコード化がされている。

こうした文化振興事業の延長線上に、戦後も「南蛮」の顕彰の機運が高まり、古川さんの演劇脚本「春の炭鉱」が、「佳作一席 賞金二千円」に輝いたのだ。

残念ながら、今となっては「春の炭鉱」の中身はわからない。しかし森本覚丹さんの講評により、作品の輪郭はつかめる。

それによると「南蛮車（ナンバ）を発明した向田兄弟の発明苦心談を戯曲にしたもの」だったようだ。

一方で、南蛮車が発明されて僅か二年後に南蛮歌が歌われて踊られたという幕引きの設定は、「余りにも不自然」という苦言も述べられていた。

⑰ 中学生が教官と家出

〔昭和二八年八月〕 二八歳

神原中学校に着任して二年目の昭和二八（一九五三）年の夏休みに、古川さんは大きな事件を起こす。教え子の磯江和子さんと駆け落ちしたのだ。

前代未聞の教師の不祥事である。

しかも逃亡先は、ことあろうに前年の春季旅行で生徒たちと訪ねた四国の香川県高松市であった。下見をしていたのだ。

中野眞琴さんの手元には、事件直前に古川さんが出した葉書が残されていた。そこには、下宿が決まらない悩みを打ち明けた後で、「世間という大きな怪物から、嘲ろうされ　いじめられているような気持です」と意味深な言葉が綴られている。

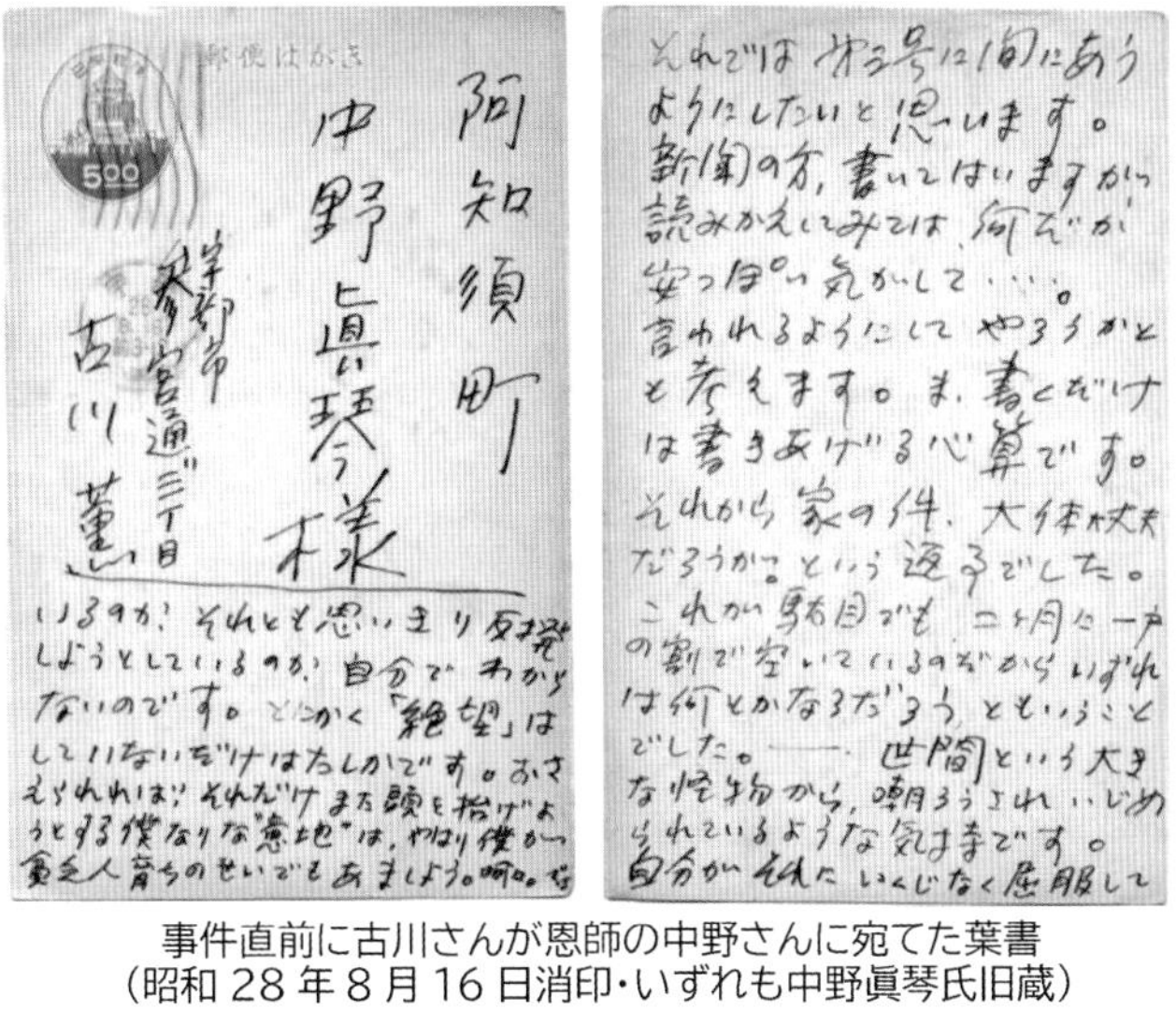

事件直前に古川さんが恩師の中野さんに宛てた葉書
（昭和 28 年 8 月 16 日消印・いずれも中野眞琴氏旧蔵）

衝撃的な教師の不祥事を、当然ながらメディアは大々的に取り上げた。

昭和二八年八月二八日付の『毎日新聞』（夕刊）は「中学生が教官と家出」と題し、その詳細を報じている。

「二十七日午前八時ごろ宇部市東区岬通り二丁目歯科医師磯江政雄氏（四五）の長女和子さん（一五）―宇部市神原中学三年生―は同中学教官古川薫氏（二七）―宇部市岬台―と家出したまま行方不明だが、宇部署は恋愛関係の清算から自殺の恐れがあるとみて国警山口県本部に捜査手配した」

三〇日付の『読売新聞』は「屋島で心中未遂」と題し、古川さんが友人と和子さんの母親に宛てて、「和子を愛しているが妻もありどうすることもできず死にます」との遺書も書いていたと報じていた。

古川さんは担任ではなく、古川さんが文芸部長をしていた文藝部員が和子さんだった。

毎日新聞 The Mainichi

この問題をどう見る

欠けている誠実

人格分裂の症状

悲しい文学青年

有識者三氏はこう見る

中野眞琴さんのスクラップ帖に貼られていた古川さんの事件を伝える『毎日新聞』記事（中野眞琴旧蔵）

⑱「文学」人脈による救出劇

〔昭和二八年八月〕 二八歳

慌てたのが恩師の中野眞琴である。その顛末を生前、私に語ったことがある。

「古川を『夕刊みなと新聞』（現、山口新聞）の社長に引き合わせて、使うてやって欲しいと頼んだんじゃ。そしたら社長が偉かったね。新聞記者は教員とは違うから明日からすぐ来いと言うてくれた。それから古川の新聞記者生活がはじまったのいね」（平成一四年一一月談）

中野さんのスクラップ帳には、青ペンで、「8・31日　朝より古川君と下関同行、みなと新聞に到　9月1日より勤ム、2日よりトップ記事を書き始む」との走り書きがある。

中野さんが八月三一日に古川さんを下関市のみなと新聞社に連れて行って就職を頼み、翌九月一日から勤務となり、すぐに記事を書き始めるのだ。

みなと新聞社の社屋は「下関市大和町一一番地」。下関漁港近くで、現在の「社会保険労務士法人　下関労務管理事務所」の建つ場所にあった。

八月二九日に『夕刊みなと新聞』が報じたのは「恋の逃避行した古川君の答案」と題する事件の顛末記である。

それによると事件直前の二四日に古川さんが編集局員になる試験を受けていたらしい。

しかも合格していたのである。

古川さんは教師を辞める覚悟でみなと新聞社の採用試験を受け、教え子と四国へ逃避行をしていたことになろう。

宇部で起きた一連の悲喜劇は「文学」人脈による救出劇でもあったのだ。

古川さんは下関に脱出して三八年が過ぎた平成三(一九九一)年一月一六日に、第一〇四回の直木賞を混血のオペラ歌手・藤原義江の評伝『漂泊者のアリア』で受賞した。

つづく宇部人脈

⑲ 真締川畔の岩松文弥歌碑

〔昭和三一年一一月〕三一歳

昭和二九(一九五四)年一月七日に急逝した岩松文弥校長の歌碑建立計画が宇部市で具体化したのは、二年余りが過ぎた昭和三一(一九六一)年六月三日であった。その日、宇部市立高等学校で、「故岩松文弥先生歌碑建設委員会」が二一名の発起人で結成された。

委員長は日野巖(山口大学農学部教授)で、委員は以下のメンバーだった。

藤本兵吾、中村染之助、兼安義夫、大神正義、桐原正利、由井久次、鈴木源平、藤井孝明、脇昂、吉光清人、上野太郎、上田恒男、伊藤文治郎、丸山貞一、橘良雄、塚本太郎、長弘幸雄、西村彦次郎、天野岩男、下道敏夫、中野眞琴、日野巖、浜野善市、正木嘉一、新造節三、国重太郎、山崎青鐘、梶井鹿四雄、東谷正三、河野善雄、兼安英哲、長谷川政雄、渡辺悌介、末広薫夫、上田芳江、竹内八郎、木下喜八、熊本隆治、可合宣、毛利カネ、木下幸吉、穴井辰男、佐方奈津子、岩城次郎、橋爪英雄(敬称略)。

真締川畔の岩松文弥歌碑(平成 27 年 7 月)

一口一〇〇円で総額一五万円を集め、八月末までに募金活動を終える計画だ。中野さんが書いた文面を職員室の謄写版で刷って配布したのである。青色インクで印刷された「岩松文弥先生歌碑建設募金趣意書」には、急逝から二年が過ぎたこと。山口県立長府高等女学校の九年に及ぶ勤務後の昭和二一年四月に県立宇部中学校の教頭になってから宇部市の教育に携わるようになったこと。更には、この間、神原中学校、宇部市立高等学校の校長として亡くなるまで八年間、校長職を全うしたこと。そして歌人として、文筆家として、社会教育家として各方面で活躍したことなど、幅広い功績が列記されていた。

山口大学を卒業した古川さんを神原中学校の国語科教師として迎えたのは岩松校長である。このため歌碑建立プランは、『夕刊みなと新聞』の記者となっていた古川さんにも、中野さんから伝えられた。記者の傍ら、下関市西細江町市民館ビル二階の関門往来社で雑誌作りに励んでいたときのことだ。

古川さんは八月三〇日付で中野さんに宛てて、建碑への賛意を綴っていた。

「岩松先生の歌碑が出来るそうで嬉しい話です。ひとごとでなく御世話になった者として是非寄附もしなければと考えています。近いうち僅かながらお届けするつもりです。文字通り僅かです」

いま、真締川の右岸（宇部市役所前の川向こうの公園）に、「朝かげのみなぎる空に縞なして太き煙突のけむりは並ぶ」と刻まれた岩松校長の歌碑が鎮座している。台座には「竣工　昭和三十一年十一月二十五日」と刻まれている。同時に『岩松文弥作品集』も発行されたが、それも中野さんが編集したものだった。

⑳『関門往来』の発行

〔昭和三七年七月〕三七歳

昭和三一（一九五六）年八月三〇日付で古川さんが中野さん宛に書いた書簡の住所は「下関市西細江町市民館ビル二階　関門往来社」である。封筒には「株式会社　関門往来社　電話②三三〇五番」というゴム印まで捺してある。

古川さんがいたのは、現在の下関市中央図書館のある場所で、当時は下関市民館ビルが建っていた。

その二階にしつらえた「関門往来社」で、『関門往来』という雑誌の出版作業に追われていた最中である。

中野さんの遺品中に、古川さんが編集した『関門往来』の七月号が残っていた。昭和三一年七月一日に、「株式会社関門往来社」が発行したもので、「編集人　古川薫」と見える。

中野さんが「海女の浦」と題した見開き頁に寄稿しているので、古川さんがお礼に一冊送ったものだろう。

定価は四〇円。表紙をめくると「創立一周年記念号」と見える。昭和三〇年七月に創刊されていたようだ。

月一回発行の月刊誌で、目次に以下の記事が並んでいる。

〈市会の内幕はこうだ／「太陽の季節」と花嫁候補／商店のお医者さんは活躍／人形劇団　ゴッポ座は生れた／露骨な商魂／川柳（早鞆番傘作品）／市長は何をしとるか（フランキー堺）／関門隅から隅まで・往来消息・おんなよむべからず・ネオン街評定記）／【グラビヤ】私のハズ（国広幸彦氏）／往来時評　一周年をむか

『関門往来』昭和31年7月号（中野眞琴氏旧蔵）

えて（迫野望）／関門往来一周年に寄す（中部利三郎・福田泰三・柳田桃太郎・小沢親光）／九州敵前上陸（梅里義秀）／仔馬ものがたり（大田里灯）／関門新百景　日和山公園（西村明）・邦楽座通り（保良菊之助）／軍神は泣いている！　―乃木神社騒動―／人品骨柄（深町健太郎氏の巻）／私の市制報告（三好正夫）／海女の浦（中野眞琴）／愛読者通信／編集メモ／表紙について〉

㉑　宮本君のも読みました

〔昭和三四年〕　三四歳

　昭和三三（一九五八）年一二月一五日の消印のある古川さんの中野さん宛ての葉書は、下関市役所が三月に刊行した『下関市史　市制施行以後』について記されていた。「在庫整理中」なので、必要なら、市役所秘書課広報係長の中原雅夫宛てに「贈呈依頼」を出して欲しいとの旨である。また、近々、下関市で「下関総合文化協会」が発足して会報や機関紙を定期的に発行する報告もしていた。自分も発起人の一人なので、「原稿依頼の節はよろしく」との挨拶まである。

　古川さんを代表とする「下関総合文化協会」は昭和三四（一九五九）年一月に発足していた（『下関市史・終戦‐現在』）。下関市内の文化人一五〇人を糾合した文化団体で、最初の活動として文化会館の建設運動を手がけていた。

　発足と重なる昭和三四年一月一一日の消印のある古川さんの中野さん宛ての葉書には、届いたばかりの『里程標』（第十

「里程標」有難うございました。あのころぼくらがつくった「里程標」がもうこんなに成長したのかと、頁をめくりながら、感無量でした。こうした気持からいったら、「里程標」という誌名はとてもよい。この上とも地道にマイルストーンが打ちこまれて行くよう心から祈りたいです。
ところで、久しぶりに先生の作品に接し、なつかしく読みました。宮本君のも読みました。宮本君が手をあげているのにおどろきました。ぼくにはそうて、書けないものです。彼の技術をおそれます。
しかし、僕は思うのです。あの作品を読んで、一口にいえばヒネリがね。もっと深刻に表現すれば、読者に訴えるものがね。宮本君のためにそれを惜しみます。それは彼があまりに達者であるための失敗なのかもしれませんね。とにかく僕は彼をおそれます。
次に「本龍寺物語」は、すばらしい作品だと思いました。これはお世辞でなく、ぼくの友人にも読ませた上での結論です。しかし、いいぶんはあります。余白がなくなるまで書きます。これは小説にちがいないが、作者はなぜそれをそらすような態度をとるのでしょうか。これは作者意識をめぐる無技巧の技巧だという気がしました。ああした書き出しは小説の手法として何ら抵抗を感ずるものでなく、読むものは自然に物語りの中にひきこまれるのです。そしてあのような導入が、物語の展開に、ひとつの眼を与えてくれる。そしておかしくも美しいあの終末で、ひとつの頂点に達するわけです。頂を越えて異説をつけ加えるのはよいが、少なくともおわりの九行は蛇足じゃないでしょうか。あくまでさり気なく作品を押し流そうとする作者にぼくはある反発を感じます。これは小説を書くものの立場からの技術批評で、批評以外にはもっとちがった

『里程標』での宮本誠作品の感想を書いた古川薫さんの葉書
（昭和 34 年 1 月 11 日の消印・中野眞琴氏旧蔵）

二輯）の感想が述べられていた。

『里程標』有難うございました。あのころぼくらがつくった『里程標』がもうこんなに成長したのかと、頁をめくりながら感無量でした。こうした気持ちからいったら、里程標という誌名はとてもよい。この上とも地道に、マイルストーンが打ちこまれて行くよう心から祈りたいです」

　つづいて宮本誠作品に対する感想だ。

「宮本君のも読みました。宮本君が手をあげているのにおどろきました。ぼくにはとうてい書けないものです。彼の技倆をおそれます。しかし僕は思うのです。あの作品を読んで、一口にいえばヒネリがない。もっと深刻に表現すれば、読者に訴えてくるものがない。宮本君のために、それを惜しみます。それは彼があまりに達者であるための失敗なのかもしれませんね。とにかく僕は彼をおそれます」

　古川さんが、「彼をおそれます」と述べた宮本さんの作品とは、「茂平の厄と石炭」というタイトルの郷土小説だった。宇部の常盤原（常盤湖畔）での石炭の発見譚と元禄八（一六九五）年から始まった常盤池築堤工事について虚実交ぜながら小説に仕上げた作品だった。

　見初小学校以来、宇部で生活し、昭和二八（一九五三）年二月にウベニチ新聞社主催の南蛮音頭をテーマにした懸賞戯曲「春の炭鉱」で一等賞をしとめた古川さんには、興味ある内容だったようだ。

　個人的な話で恐縮だが、平成一〇（一九九八）年に宇部観光コンベンション協会から発行された『ときわ公園物語』の執筆メンバーに任命されたとき（ウベニチ新聞社編集局長だった飯田進さんからの要請）、同じく執筆メンバーに宮本誠さんがおられた。常盤湖築堤三〇〇年の記念出版事業で、編集会議が平成九（一九九七）年一二月六日に宇部市立図書館二階で行われたが、その席上で宮本さんが、「昔、古川薫さんから褒められた小説があるから、それをリライトして書くことにします」と私に話されたことがある。それこそが古川さんが「彼をおそれます」と語った「茂平の厄と石炭」だったことをあとで知ったのである。

㉒浅野正之さんに会う

〔昭和三四年〕三四歳

　昭和三四（一九五九）年六月二二日の消印のある古川さんの中野さん宛ての葉書が残っている。

「毎日読んでいただいているそうで恐縮です。約六十回まで書いて、いささかくたびれているところです。それに本名で書いているので、こきざみにあれこれ批評をうけたりし、注文があったりで、ともすれば筆が思うようにならないこともあり、やや嫌気もさしているわけです」

　古川さんが『夕刊みなと新聞』に長期連載していたのは「海はひかる」という小説だった。葉書の消印と同じ六月二二日付の同紙には「躍進みなと新聞　社屋・高速輪転機の増設を祝す」という広告が見える。みなと聞社も急速に成長していたときだった。

古川さんはつづけていた。

「先月十六日から一週間、東京へ行ってきました。むこうで作家生活に入っている松村という学生のころの友人や、中学のときの教え子（俵田家の孫で東大に今年入りました）に会ったり、東京文社の様子をみたり、あれこれ公私用をすませ、鎌倉あたりをじっくり見物してきました」

神原中学校時代の教え子で俵田明の孫といえば浅野正之さんのことである。

浅野さんに確認したところ、神原中学校一年生のときの担任が新任の古川さんだったとのこと。浅野さんは昭和三

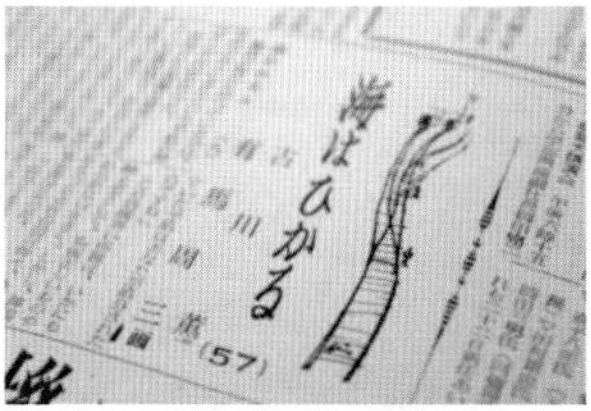

昭和 34 年 6 月 22 日付の『みなと新聞』に掲載された古川さんの「海はひかる」

三（一九五八）年三月に宇部高校を卒業して、翌年、東京大学に入学していた。

古川さんが訪ね来た当時のことを聞いてみたが、「渋谷の忠犬ハチ公の前で待ち合わせてお会いしたことは覚えていますが、情けないことに、どの様な会話を交わしたか、何をしたか全く記憶にありません」（平成三〇年九月にメール取材）との回答であった。

㉓「なお夢を捨てられません」

〔昭和三九年〕三九歳

昭和三四（一九五九）年九月二〇日の消印のある中野さん宛ての葉書で、古川さんは「下関市大和町　みなと新聞」の住所の左に、「こんど長府から、旧市内の市営アパートに移転しました」と書いていた。新住所は「上田中四町菁莪園二一号」である。

記者生活の最中だったが、古川さんはすでに作家を目指していた。しかし前進できず、苦悩が続いた時期である。

よく色紙に書いた「無能にしてこの一筋につながる」という言葉は、昭和三五（一九六〇）年、三五歳になった古川さんが筆を折りかけたときに山口大学の恩師・小林茂大から贈られた松尾芭蕉の『幻住庵ノ賦』の一節という（『ふるさと文学館　田中絹代記念館　れぽーと第二一号』）。

著作物として一冊にまとめた最初の作品は、昭和三七（一九六二）年一月に、みなと新聞でのコラムをまとめた『みなと手帳』であった。簡素な非売品だ。

中野さんに宛てた昭和三九（一九六四）年の年賀状では、「ことしこそは、ことしこそはと思いながら、三十九歳になりました。数え年なら不惑の年です。その名に恥じながら、なお夢を捨てられません」と自戒の言葉を綴っていた。

同年八月二八日の消印のある葉書では、「〈砲煙の海〉がＮＨＫラジオの第一放送〝山口の文学〟県内ローカルで放送中（八月二十七日から約三週間、日曜を除く毎日、午後一時二十分から五分間）です。ぜひきいていただきたくお知らせしま

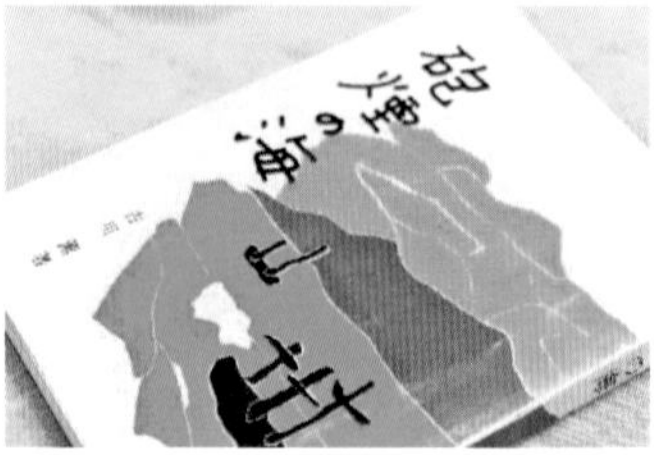

午後同人会が刊行した『砲煙の海』
（下関市立近代先人顕彰館蔵）

す」と自作がラジオ放送〔※1〕された喜びが読み取れる。

　それは、文久三（一八六三）年五月の第一次馬関攘夷戦争を小説にして同人誌『午後』に発表した作品だった。昭和三九年六月に『砲煙の海』のタイトルで午後同人会が刊行した本である。

〔※1〕「NHK-1」の欄の一時五分からの「メロディーとともに」という番組（昭和三九年八月二八日付『防長新聞』）。

㉔ 山口県芸術文化振興奨励賞

〔昭和四〇年〕　四〇歳

　古川さんが地方新聞の記者の枠を超え、作家として活躍の場を広げるのは昭和四〇（一九六五）年からである。

　同年六月八日の消印のある中野さん宛ての葉書では、「さっそくですが、〈文学界〉七月号に小生の作品が掲載されています。ひまなとき一読御批評おきかせ願えれば幸甚です」と記している。

　長州藩で脱隊兵騒動を扇動したことで久留米藩に逃れ、明治三年初頭に筑後川畔で処刑された大楽源太郎の評伝小説「走狗」が「同人誌推薦作」として載ったのだ。はじめて直木賞候補になった作品でもある。

　七月一五日消印の中野さん宛ての葉書には素直な喜びの言葉が見える。

「お元気のことと存じます。先日は、拙作お読みいただき有難うございました。まったく幸運とはこのことでしょうか。あの作品が直木賞候補になったと文春から連絡があり、おどろいているところです。十九日が審査で、夜当落を知らせてくるそうです。おそらく期待できないと思いますが、やはり何ともいえぬ気持ちです。結果はまたお知らせいたします。御報告まで」

　しかし喜びもつかの間で、落選の憂き目にあう。文学苦難の幕開けだった。

　中野さんは古川さんを元気づける行動に出る。山口県芸術文化振興奨励賞に推薦したのである。古川さんにとっては、何時までも可愛い教え子だったのだ。

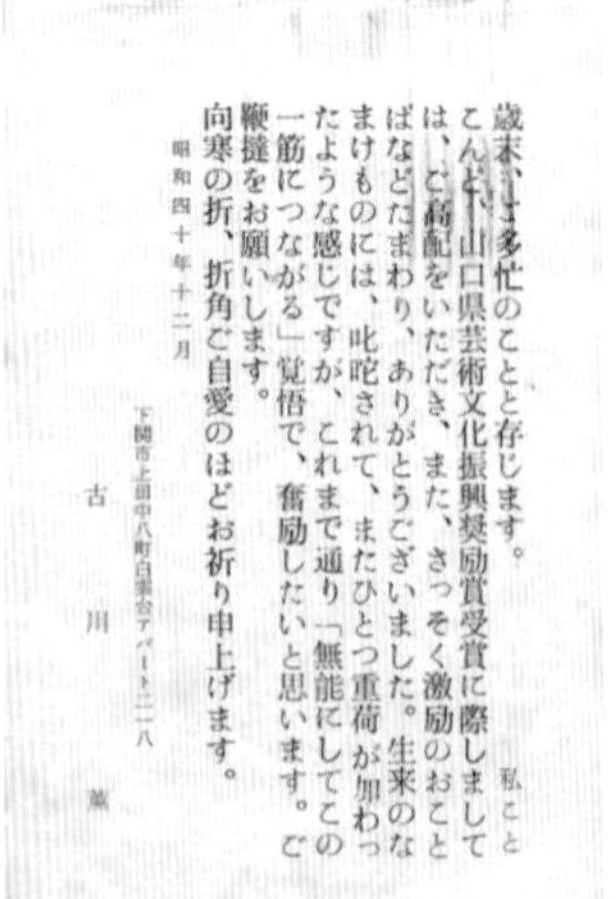
歳末いよいよ多忙のことと存じます。　私こと
こんど、山口県芸術文化振興奨励賞受賞に際しまして
は、ご高配をいただき、また、さっそく激励のおこと
ばなどたまわり、ありがとうございました。生来のな
まけものには、叱咤されて、またひとつ重荷が加わっ
たような感じですが、これまで通り「無能にしてこの
一筋につながる」覚悟で、奮励したいと思います。ご
鞭撻をお願いします。
向寒の折、折角ご自愛のほどお祈り申上げます。
昭和四十年十二月
下関市上田中八町白雲台アパート二ー八
古川薫

古川さんの山口県芸術文化振興奨励賞受賞の挨拶文（中野眞琴氏旧蔵）

これに対する古川さんの礼状が一二月二〇日消印の葉書である。

「ようやく師走の候となりました。十月から編集長の椅子を退いて、出版関係の仕事をしていますが、いくらか私的な時間がふえるのではないかという期待がはずれて、ずっと多忙な日々となり困惑しています。十一月末に百五十枚『文学界』に送る約束しておきながら、まだ脱稿できません。これからピッチをあげるつもりです。さて、ご推薦いただいた山口県芸術奨励賞の通知が数日前きました。推薦者は、先生のほか、女子大の太田氏、下関教委となっていました。ちょっとおこがましい気持ちですが、とにかく有難くいただきます。十二月三日が受賞式だそうです。御礼申し上げます。来年は何とか中央の方をとも意気込んでいますが、まあ落ち着いてやります。では」

中野さんと一緒に古川さんを推薦した「太田氏」とは当時、山口女子短期大学教授だった太田静一さんのことだ。

㉕ 海外取材

〔昭和四一年〕四一歳

小説に専念したい古川さんの思惑とは裏腹に、昭和四一（一九六六）年春から、新聞記者として海外取材が舞い込んだ。

同年三月一三日の消印のある絵葉書は、ドイツのハンブルクから中野さんに宛てられていた。

「あわただしく出発したのを事前にご報告するひまがありませんでした。実は、今ハンブルグにいます。これからロンドン、パリ、ローマをまわって、アフリカ北西岸のカナリア諸島へ行きます。大西洋の日本漁業の状況取材のためです。七月はじめに帰国予定。小生の連絡先は二〇日以後にご通知します。では。みなと新聞　古川薫」

つづいて五月（切手部分が切除されており日付は不明）の葉書は、カナリア諸島からだった。

「御無沙汰しています。日本を出てからきょうでちょうど二ヶ月目です。帰国は七月はじめになりそうです。教育庁の方に御栄転の由。こんごの活躍を心から期待しています。私がいまいるここは、ご存知と思いますが、アフリカ西岸から約一〇〇キロにあるカナリア郡島の一角です。寒流のために熱気がやわらげられ年中初夏の気候です。大西洋のハワイとも呼ばれヨーロッパから年間一七万人がやってくる由。一一月から五月までがヨーロッパ人による海水浴シーズンでごらんの通りです。港には日本のトロール船などが毎月六〇隻くらい入って

田中絹代ぶんか館「特別展　追悼　古川薫」で展示された『正午位置』（平成30年9月撮影）

います。それが小生の取材のめあてで、先日は船でサハラ砂漠沖の漁場へ出ました。目下新聞連載中。文藝春秋にも八〇枚送る予定にしています。帰国後一度おうかがいします。ではお元気で」

このときのカナリア諸島での経験が、昭和六三（一九八八）年一〇月に文藝春秋社から発売された『正午位置（アット・ヌーン）』の素材になっていた。

カナリア諸島で起きた日本人漁船員の死体冷凍事件の調査のために派遣された新聞記者が、現地女性と恋に落ちる小説である。もしや実体験だったのか。

㉖ 親馬鹿といえる年

〔昭和四二年〕四二歳

帰国後の昭和四一（一九六六）年七月二九日の消印のある古川さんの葉書のあて先は、「山口市山口県教育庁　社会教育課文化係長　中野真琴様」である。

「お暑うございます。四カ月ぶりに帰ってきました。この十五日でした。帰ったらすぐ下関大丸デパートで、小生のとってきた写真展をやることになり（目下開催中）、その他、ラジオにひっぱり出されたり、雑用に追われて、帰国後、気の安まる日とてありません。八月に入ったら執筆にとりかかる予定です」

下関大丸での写真展は七月二五日の『夕刊みなと』に「写真展〈ラス・パルマス便り〉幕開き」と題する記事で確認できる。二五日から「本社主催」で大丸六階の文化ホールで開催されたようで、スペイン領カナリア群島ラス・パルマスを基地にアフリカ漁場で働く日本漁船員の活躍ぶりを約四〇点の写真で紹介する文化イベントであった。

古川さんの手紙の続きには、山口大学の恩師・小林茂大が昭和女子大から、下関の梅光女子短大国文科へ春から就任した報告が見える。自宅が山口市宮野なので、パスポートを返却しに行ったついでに、立ち寄る予定も伝えていた。

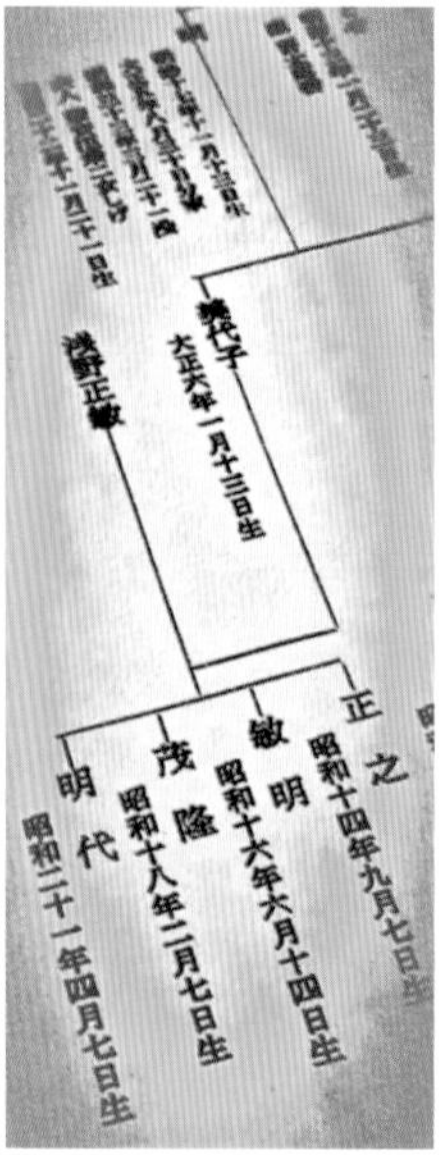

『俵田明伝』「俵田氏系図」に見える浅野正之さん（俵田明の孫）

ところで古川さんは昭和四二（一九六七）年四月一〇日消印の葉書で、懐かしそうに宇部の話を持ちだしていた。

「先日、久しぶりに宇部へ行きました。宇部も変わりましたね。神原中学時代の教え子・浅野正之君（宇部興産専務〔※1〕の息子）の結婚披露にまねかれたのです。教え子とは本当にありがたいもので、小生のような者も忘れずに呼んでくれたので感激しました。宇部の〝上流社会〟といったものをはじめて見ましたが、大変勉強になりました（別に皮肉る意味ではありません）。宇部といえば、今井正先生が下関西高校の教頭に就任。私の長男は今春、同校を卒業、東京の国際音楽学校へ進学しました。ギタリストになるといっています。親に似て、どうもゼニにならないことを志向してくれていますが、やむを得ません。結婚式には、大金をかけられないが、教育だけは貧乏してでも、無理してでも本人の希望にそってやりたい。浅野君の華麗な結婚披露の席で内心そんなことを考えていました。やっと親馬鹿といえる年に小生も達したわけです。さて、肝心な用向きが末尾になりましたが、『新潮』五月号に短文を書いています。御笑読下さい」

昭和四二年五月号の『新潮』に載ったのは「孤独な魚群」で、肩書は「下関・〈午後〉同人」である。『午後』は古川さんが仕事を通じて知り合った下関市役所の職員の中原雅夫や清永唯夫たちと昭和三六(一九六一)年に創刊した同人誌だ。

ちなみに、最初に直木賞候補になった「走狗」も『午後』第一〇号(昭和四〇年四月二〇日発行)に載せた作品であった。

〔※1〕俵田明の二女・美代子が嫁いだ浅野正敏(大正二年生まれ)のこと。

㉗『防長回天史』の書籍化

〔昭和四二年〕 四二歳

前出の『新潮』(昭和四二年五月号)に見開き二頁で掲載された古川さんの「孤独な魚群」は、「昨年春、水産業界紙の特派員として、アフリカ漁場を取材」したときのエピソードだった。

実は正月(昭和四二年一月一日)に、古川さんは『砂漠の群像』と題する旅行記を自費出版していた。その末尾に、アフリカ旅行中に立ち寄ったパリで、幕末の馬関戦争でフランスに分捕られた大砲の一門を見つけた話を披露していた。後にフランス政府から貸与され、長府博物館に展示された長州砲のことだ。

昭和四二年一〇月三〇日の消印のある葉書は、中野さんへの追伸だった。「小野田市東高泊七二〇　県立小野田高等学校内　中野真琴様」と宛先に見えるように、その頃、中野さんは小野田高校の教頭になっていた。

「お元気のことと存じます。『揷山文学』御恵送ありがとうございました。〔略〕ただ私なりに技術批評させていただくなら、最初の地形描写の部分もう少し短くしてはどうでしょうか。それから、一人称のボクというのが気になります。〈外来語以外にかたなかを使わない〉とはずっと以前、先生にきいたことばで、以来私はそれを守り通し、またそれを誇りとしています。一人称をボクと書かれるについては、やはり根拠があると思

昭和42年10月にみなと新聞社から発行された『防長回天史』〔全5巻〕(宇部市立図書館蔵)

いますが、いつかおきかせ下さい。『防長回天史』では大変お世話になりました。おかげ様でどうやら成功といえるところまでこぎつけました。十一月下旬ごろ、東京の柏書房から短編集出してもらうことになりました。そのさいお送り申上げます」

　文中に見える『揥山文学』も、中野さんが小野田高校で手がけた同人誌である。ちなみに「揥山（くしゃま）」は地名だ。

　一方で、「防長回天史」は昭和四二年一〇月一日にみなと新聞社から出版された『防長回天史』（全五巻）を指していた。付言すれば、「十一月下旬ごろ、東京の柏書房から」出して貰う「短編集」とは、『走狗』の書籍化のことであった。

㉘ 明治一〇〇年に向けた『走狗』

〔昭和四二年〕　四二歳

　古川さんは〈みなと新聞社〉の社用便箋で昭和四二（一九六七）年一一月ころ、中野眞琴さんに近況報告を綴った。

「前略　お元気のことと存じます。防長回天史については大変お世話になりました。おかげさまで復刻はどうやら成功。このごろになってもぼつぼつ注文がありますが、売り切れということにして、保存分を少々残しております。東京からは大仏次郎氏や田宮虎彦氏はじめ作家からの注文が圧倒的でした。大仏氏などは三部も注文してくるといった熱心さにおどろきました。なお、目次総覧をつくりかえましたのでお送り申上げます。四部同封していますが、これは永見先生の分は別に発送したからです。上野、松本、伯野各先生には、先生からお手数ですがお渡し下さいますようお願いします」。

　みなと新聞社で刊行した『防長回天史』の付録小冊子「目次総覧」の中に「〈防長回天史〉と末松謙澄」が所収されている。それも古川さんがまとめたものだ。「この編集作業により、古川さんの歴史的知識は格段に向上した。歴史小説家の基礎を作った仕事だったのである。

　古川さんは、一〇月三〇日消印の葉書で「十一月下旬ごろ」に柏書房から出してもらうと書いた短編集についても語っていた。

「次に小生の近況ですが、いつかお話ししたと存じますが、柏書房が短編集〈走狗〉を出してくれることになり、この一七日、下関でささやかな出版記念会を同人たちがひらいてくれることになっています。本は近くお送りします。来年五月ごろ、創元社から〈長州歴史散歩〉を出す予定で、目下執筆中ですが、歳末が忙しくて思うようにはかどらず困っています。いつかゆっくりお会いしたいものと願っています」

　柏書房から『走狗』が発行されたのは昭和四二年一二月一日のことだ。

　古川さんは同書の「あとがき」で語る。

「革命の肥として埋もれてしまった人びとの、百年を貫くかなしみと怒りを掘りおこし、明治維新なるものの皮膚の内側をさぐることが私の念願であった」

　あるいは『長州歴史散歩』も創元社か

ら昭和四三（一九六八）年五月一〇日付で初版が出ている。

　その年は明治維新から一〇〇年目の節目でもあったのだ。

　翌年の昭和四四（一九六九）年五月二四日消印の中野さん宛ての葉書は、それまで住んでいた「下関市上田中八町白雲台二一八」から「下関市長府羽衣町58唐櫃台」への転居案内だった。

　下関市役所によると「下関市長府唐櫃土地区画整理事業」により、昭和四三年三月から一二月まで造成された土地らしい。完成してすぐに古川さんが家を建てたようである。以来、没するまでの自宅兼仕事場（のちの表記では長府羽衣町六の六）となり、多くの作品がここから生まれることになった。

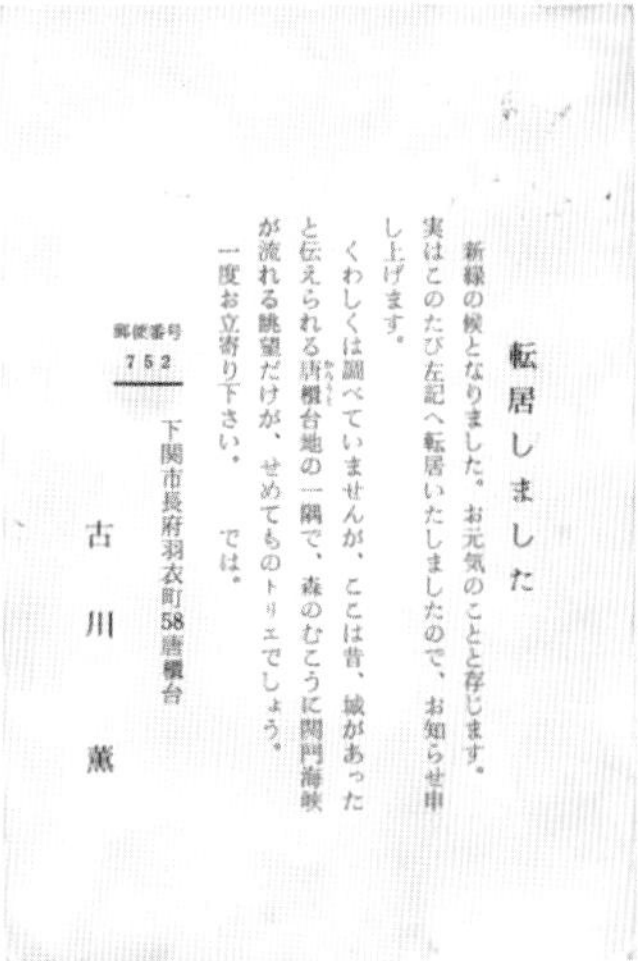

転居しました

新緑の候となりました。お元気のことと存じます。

実はこのたび左記へ転居いたしましたので、お知らせ申し上げます。

くわしくは調べていませんが、ここは昔、城があったと伝えられる唐櫃台地の一隅で、森のむこうに関門海峡が流れる眺望だけが、せめてものトリエでしょう。

一度お立寄り下さい。　では。

郵便番号
752
下関市長府羽衣町58唐櫃台
古川　薫

上・柏書房刊『走狗』（山口県立図書館蔵）。下・昭和44年5月24日消印の古川さんの転居葉書（中野眞琴氏旧蔵）

㉙ 筆一本の生活

〈昭和四五年〉　四五歳

　古川さんは昭和四五（一九七〇）年五月にみなと新聞社を退社し、筆一本の生活に入る。四五歳のときであった。

　年が明けた昭和四六（一九七一）年元旦の年賀状で、「ことしは二月ごろ創元社から『高杉晋作』を出します。御高評をお願いしたく存じます」と中野さんに報告していた。

　創元社から『高杉晋作　―青年志士の生涯と実像―』が出版されたのは三月一〇日である。

　昭和四六（一九七一）年二月二二日付の書簡（封書）では、中野さんに「抜刷の〈あじす史話〉補遺　面白く拝読しました」と語り、自身の近況をつづけていた。

「〈高杉晋作〉はきょう見本刷り一冊届きましたので、数日後　献本用が届くはずです。間もなくお見せ出来ると思います。その際はご笑覧下さい。二十六日にはNHKのローカル・テレビでPRみたいな番組を組んでくれることになっています。出版社から出すと、印税にはありつけますが、売れ行きのことが気になって、いろいろと苦労します。それにくらべたら自費出版というのは気楽ですね。もっとも、それではメシが食えませんから。次は新人物往来社から何かいってきていますので、そこから出すことになりそうです。こんどは小説にしたいと思います。〝読物〟ばかり書いていてもいけないので、ここ一、二年のうちに、何か一発、と野心だけは燃やしているのですが…」

古川さんの遺著『維新の商人』は平成二九（二〇一七）年一一月に出されているので、この手紙は、ちょうど人生の折り返し地点にあたる（古川さんの死去は平成三〇（二〇一八）年五月五日、享年九二歳）。

ともあれ、これを機に古川さん自身も、高杉ファンになったそうだ。

古川さんが高杉晋作の詩を書いた益子焼を紹介する岡崎正隆さん（文藝春秋元編集者・令和元年４月撮影）

一周忌を前にした令和元（二〇一九）年四月二〇日に下関市生涯学習プラザで行われた追悼講演会で、文藝春秋社の元編集者・岡崎正隆さんが栃木県宇都宮の自宅に古川さんに泊まってもらった際に、近くの窯で益子焼の器に高杉晋作の詩を書いたのをプレゼントされた思い出話を披露されていた。

㉚ 文春から出したい

〔昭和五二年〕五二歳

昭和四七（一九七二）年の中野さん宛ての年賀状に、古川さんが、「二月『長州奇兵隊』を創元社から出します」と書いていた。『長州奇兵隊　―栄光と挫折―』が出たのは昭和四七年三月二〇日である。かつて直木賞候補となった『走狗』の主題「脱隊兵事件」を最後に据え、「走狗の怒り」という小見出しをつけていた。

歴史学者の田中彰さんの脱隊兵騒動の論文に触発され、「奇兵隊が宿命的に内蔵した二重構造と矛盾」（「あとがき」）を、この作品であぶり出したという。

自ら覚悟した在野人生と重なる苦悩も、作品から感じられる。

昭和五二（一九七七）年九月一五日付で中野さん（住所は豊浦郡豊浦町小串　山口県立豊浦養護学校校舎）に宛てた手紙はつぎである。

「昨年の仕事といえば、ほとんど一年がかり（実質は断続的ですが）で書いた長篇（幕末もの）が、やっとこの十月下旬、講談社から『十三人の修羅』という題で出ます。割に合わない仕事ですが、無名の小生としては、これもよしとしなければならないでしょう」

講談社から『十三人の修羅』が発売されたのは昭和五二年一〇月二〇日である。文久二（一八六二）年のイギリス公使館焼打ちメンバー一三人のうちのひとりで、仏師になった瓜生慎蔵に焦点をあてた歴史小説だ。この作品も四度目の直木賞候補になるが、落選した。

昭和五五（一九八〇）年一〇月一三日

の消印のある書簡も、中野さんに作家の苦悩を綴っていた。

『炎の塔』が終わってほっとしているところですが、もう次の仕事に追われておりまったく心の休まる暇とてありません。しかし、暇になれば飯の食い上げですから、忙しいのは喜ぶべきでしょうが、天邪鬼のようなことも考えがちです。さて、『炎の塔』失敗作ではないかとの評も一応覚悟はしておりました。小生としては、最初から単行本にするつもりで書きました。枚数の区切りのよいところで、本当は終っておりましたので、最終の六回分は蛇足だったのです。それで疎密のアンバランスが特に目立つということにもなりました。本の方の原稿は、蛇足の部分を大幅に削り、前半に多少加筆して、全体をいくらかは整えてみました。これはテレビ山口の十周年記念事業で出版することになっておりましたが、どこから刊行するかは確定していなかったのです。小生としては文春から出したいと思い、根回しだけはしておいたのですが、作品が悪ければ文春もウンとはいわないでしょうから、改稿にはかなり力を入れました。小生らの作品は担当編集者が読み、企画会議にかけて他に一人二人が目を通し、まずまずのものなら、出版部長のところへ提出され、部長が読んでOKならやっと本決まりとなります。最近、印刷費が上がり、出版点数を減らしているので、そのあたりの事情はずいぶんきびしいものになっています。幸い『炎の塔』は文春から出るように決まりましたので、通し読みすれば、まずまずの作品に仕上がったのだろうと存じます。十一月下旬発売の予定ですので、いずれお目にかけます。ご高評お願い申上げます」

田中絹代ぶんか館に展示されている古川薫さんの机と執筆用のワープロ（平成 30 年 9 月撮影）

㉛ 例によって例の如し

〔平成三年一月〕 六五歳

昭和五六（一九八一）年七月一八日付で古川さんが中野さんに宛てた書簡は、『飃』ご恵投ありがとうございました」と、同人誌『飃』第一一号（同年七月一日発行）の話題からはじまっている。

もはや恩師といっても中野さんは「素人」で、古川さんは「プロ」の作家である。にもかかわらず、懇切丁寧に中野さんの「乙姫大明神」の賛否を論じていた。同様に、宇部市立高等学校当時の文学仲間で、宇部市役所に勤める宮本誠

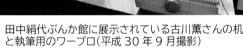

さんの求めにも快く応じていた。

　文面はつづく。

「七月二十四日(金)は、宮本君の頼みで、宇部市の高齢者学級での話に出かけます。午後一時には解放されるのですが、もしさしつかえなければ、宇部にお出かけになりませんか。夕方ごろから宮本君もまじえて生ビールでもご一緒にと思っていますが、いかがですか。この日は、一日仕事をしないことに決めましたので、できればそうしたいと勝手なことを考えました」

　昭和五七(一九八二)年一月二七日の消印の葉書には、「例によって例の如しといった結果です」と、恒例の直木賞落選報告を中野さんに告げていた。もはや諦めの境地とでもいうべきか。

　なお、古川さんが一〇回目の候補作『漂泊者のアリア』で直木賞をしとめたのは、筆一本になった昭和四五(一九七〇)年から二一年目の平成三(一九九一)年であった。同年一月一七日付の『朝日新聞』は、「直木賞に下関ゆかりの古川薫氏」と題してその受賞を報じた。記事には、古川さんが六五歳で直木賞受賞の「最高齢」〔※1〕と記されていた。

　古川さんが『花も嵐も　女優・田中絹代の生涯』を文藝春秋社から刊行したのは、直木賞受賞から一〇年余りが過ぎた平成一四(二〇〇二)年二月である。

　実は、この評伝執筆を最初に勧めていたのも中野さんであったようだ。昭和五七年一一月一七日の消印のある中野さん宛ての葉書に、「田中絹代のこと考えてみます」と綴っていたからである。

　一方で古川さんは、「彼女にはかなり下関に対する屈折したものがあって、それを書くには親族の小林家など口うるさい連中もいることなので、ちょっと書きづらい面もあります」と取材の苦悩も記していた。

　田中絹代の母方が小林家である。古川さんは、同書の「あとがき」で、小林正樹監督夫人の小林千代子さんの好意で生誕九〇年の平成一一(一九九九)年に、下関大丸百貨店で「田中絹代の世界展」が開かれたと書いている。その会場には二〇〇点もの遺品が展示され、触発されたようだ。実際、古川さんは、「田中絹代を書こうと思い立ったのはそのときだった」と公式には記している。

　恩師の中野さんとの文学上の交流を続けながら、書く機会を伺い、機が熟したのが、そのときであったのであろう。


〔※1〕星川清司さんが平成二〇(二〇〇八)年に没したとき、五歳サバを読んでいたことが判明。実際は古川さんより三歳上の六八歳で直木賞を受賞していた。実は「最高齢」ではなかったことになる。

「宇部は、私の原郷である」

　最後に、古川さんが「粉塵の街への郷愁」(『周防長門はわがふるさと』)で綴った宇部への感慨を紹介しておこう。


　宇部に行ってきた。

　車に乗せてもらって。

黄昏の宇部興産㈱工場群（現、UBE㈱令和３年12月撮影）

古川さん〔左〕と幼馴染の二木和夫さん〔右〕（平成22年11月撮影）

私は下関で生まれたが、間もなく宇部に移り住んだので、幼時からほぼ二十数年間をこの地ですごした。青春のすべての記憶もこの工業都市に刻んでいる。このごろ一部で流行のコトバでいえば、宇部は、私の原郷である。

最初に工場を見ようということになった。宇部興産の構内なのだろうが、広い道路が開放されているので、かなり奥のほうまで車を乗り入れることができた。

戦後、新制の大学に入った私は、ある夏休み、窒素工場でアルバイトをした。窒素肥料を詰めた大きな紙袋を、つまみあげるようにしてコンベアーに乗せる単調な労働で、指の皮が擦りむけてヒリヒリと痛んだ。（略）

あれから三十年以上が過ぎた。窒素工場にはどの入口からはいったのか、忘れてしまった。広い道路はむかしのままだが、工場街の様子は、もうすっかり変わっていた。

そういえば宇部時代の古川さんに、俳句の手ほどきをしたのが山崎青鐘さんだった。本名は山崎清勝、明治四一（一九〇八）年生まれで本業は歯科医だ。

山崎は俳句の機関誌『山脈』を発行し、紀藤登（宇部銀行の初代頭取・紀藤織文の息子であった紀藤章文のこと）らと共に、昭和一六（一九四一）年一一月に治安維持法違反で逮捕された筋金入りの文化人である。

古川さんが「粉塵の街への郷愁」の末尾に綴っていたのは、東新川駅前の「子供のころすごした家」についてであった。

当時の思い出を古川さんは語る。

東新川駅から「十字路の角」の松下不動産を眺める。左端の屋根瓦が二木謙吾旧宅。道を挟んだ右奥が旧野村たばこ店（令和４年10月撮影）

「常盤公園からの帰り、恩田の国道から右に曲がって、坂道を真っ直ぐに一キロばかり行くと東新川駅前に出る。この道路は、私が小学生のころできたもので、それからもずっと〈新道〉と言っていた。東新川駅前にあった家から、草江の海水浴場に行くにはこの〈新道〉を通った」

　古川さんが過ごした東新川駅前の家は戦災を免れて残っていた。古川さんは、「十字路の角のその二階家は、階下が商店になっていた」と語るのだ。

　なるほど十字路の角には二階建ての「松下不動産」が、今も残る。そして、すぐ裏手が二木謙吾さんの旧宅という位置関係である。

　ただし、社長の松下明さん（昭和二三年生まれ）は、「道を挟んだ向かいの村田たばこ店に、古川さんが住んでいたと、古い人から聞いたことがあるが…」と困惑していた。しかもその家は平屋で二階家ではなかったという。

　松下さんは、「うちではないですよ」、と首をかしげるのである。

　もしかすると、「十字路の角」の「二階家」もまた、古川さんの小説家的な脚色があるのかもしれない。

　だが、いずれにせよ、東新川駅前界隈が、古川さんが青少年期を過ごした思い出の地であったことは間違いない。

　宇部もまた、古川文学を生んだ聖地のひとつであったわけである。

Ⅱ

山田洋次《やまだようじ》

〈宇部市在留期間〉
昭和二二年～同二四年（一六歳～一八歳）

《映画監督・脚本家》

昭和六（一九三一）年・大阪府豊中市生まれ。

敗戦で満洲から引き揚げた山田洋次の一家は、昭和二二（一九四七）年春に藤山の旧家・秋富家に飛び込んだ。それから僅か二年の短い期間だが、後にヒットする「寅さんシリーズ」の寅さんのモデルが宇部時代の闇屋仲間など、この土地での体験が作品に反映された。東京大学入学時に、藤山にいた母の離婚劇も、家族をテーマにした山田作品に大きな影響を与えた。

平成五（一九九三）年に公開された映画『学校』の主人公の「先生」のモデルも、宇部時代に出会った教師といわれている。平成二四（二〇一二）年に文化勲章を受章。

背景：山田洋次の一家が暮らした秋富家の蔵（宇部市藤山・平成 28 年年３月撮影）

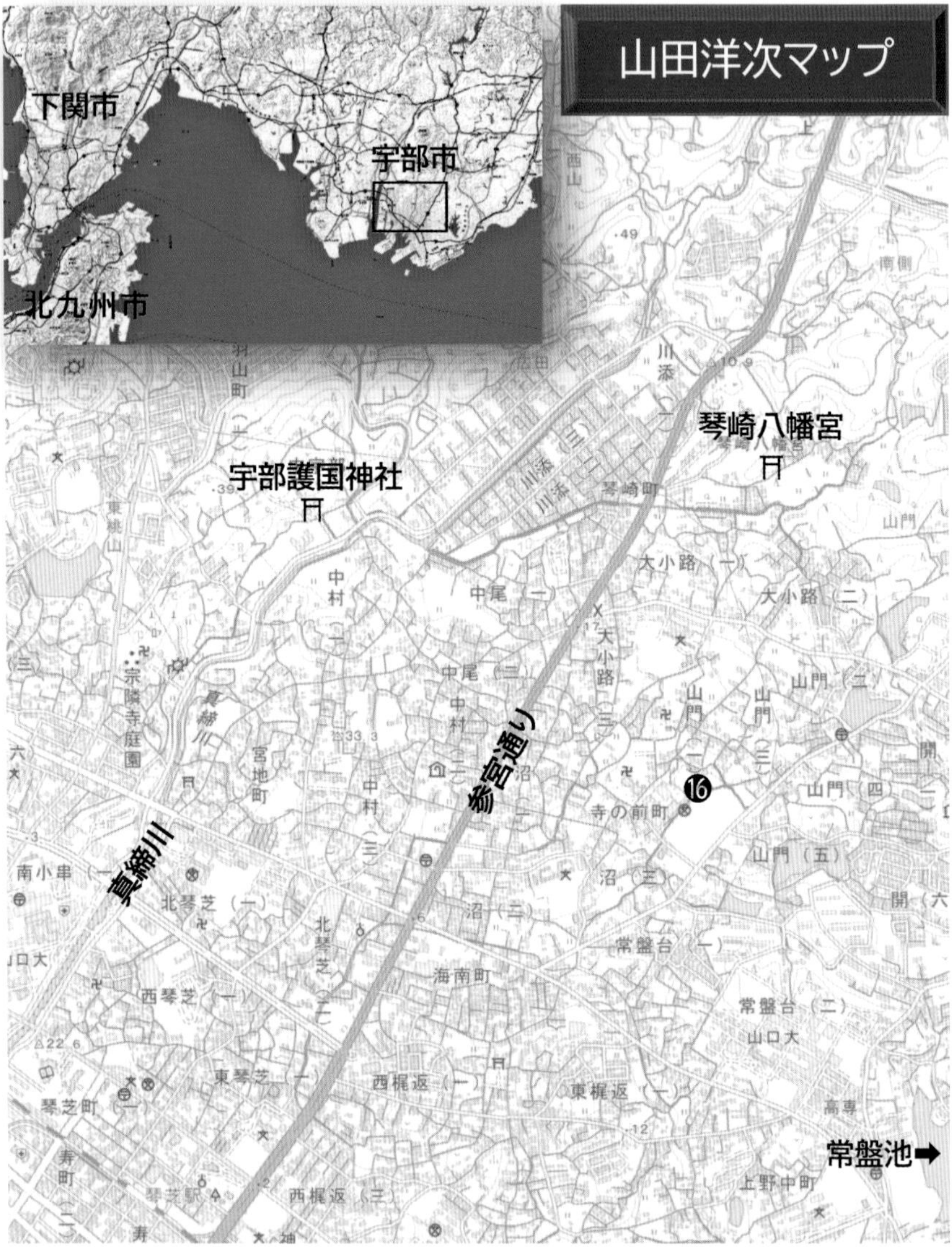

⑯宇部中学校（現、宇部高等学校）

（※「国土交通省国土地理院地図」より作成・令和４年７月）

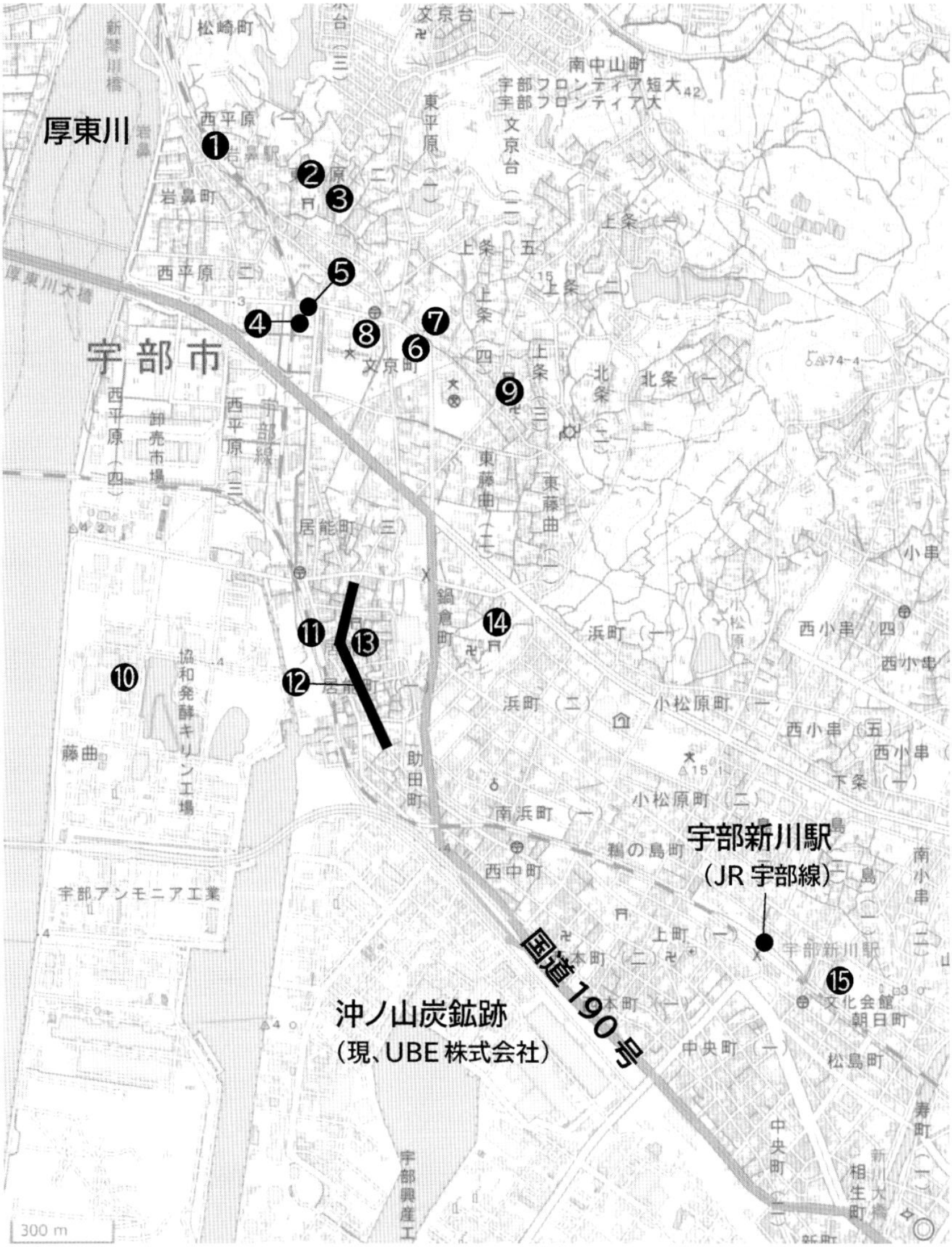

❶岩鼻　❷平原神社　❸嘉寿園があった場所　❹秋富家（平原）　❺トミヤ　❻秋富文具店　❼藤山小学校のプラタナス　❽香川学園　❾西宮八幡宮　❿宇部油化工場跡　⓫居能駅　⓬居能商店街　⓭三嶋神社　⓮秋富久太郎・秋田寅之介の立像が立つ鍋倉山　⓯渡邊翁記念会館

① 藤山の秋富家

〔幕末～昭和戦前〕

昭和二九（一九五四）年に東京大学法学部を卒業した山田洋次は、昭和三六（一九六一）年に『二階の他人』で映画監督としてデビューした。「男はつらいよ」シリーズは、昭和四四（一九六九）年からに着手し、以来、一世を風靡した。そんな山田作品の原風景は、敗戦後の宇部市藤山での実体験にあった。

鍋倉山に建つ秋富久太郎〔右〕と秋田寅之介〔左〕像（令和４年１月撮影）

本稿では満洲から引き上げ後、生活の舞台となった叔母の嫁ぎ先である藤山の旧家・秋富家から語ることにする。

秋富家の主人は、鍋倉山の頂上付近に立つ像のひとり、秋富久太郎（慶応三〔一八六七〕年生まれ）であった。もう一人の立像は、下関の秋田家に養子入りした弟の秋田寅之介（明治八〔一八七五〕年生まれ）である。

子供時代を居能（藤山の一部）で過ごした私には見慣れた立像だが、秋富久太郎の後妻・ツルが山田監督の伯母で、その関係から山田さんたちが秋富家に身を寄せたのを知ったのは、かなり後になってからだ。

秋富家のルーツについて、藤田正介（元宇部市立図書館の藤田勝己氏の祖父）が、「明治の初年新開作を築くため、家来を連れて藤山に来た」阿川毛利家の一党の「主な使役人の元締めは秋富氏であったろう」と語っている（『宇部市藤山郷土史資料集』）。

藤山は明治二二（一八八九）年に藤曲村と中山村が合併して出来た地名だった。海沿いの藤曲村は、西宮八幡宮が鎮座した正徳三（一七一三）年の少し前から埋め立てが進んだ開拓地である。

戦後に山田一家が暮らした秋富家の蔵。遠方が秋富本家の跡（平成 17 年３月撮影）

左・手前が倒壊寸前の秋富家の蔵。右・山田監督一家が暮らした2階の部屋（令和４年４月撮影）

その第一段階が、居能から西宮八幡宮に通じる道路以東「江の内開作」で、元禄三（一六九〇）年ころに完成している。

第二段階は居能から平原に通じる（県道）以東の「外開作」で、寛延年間（一七四八～一七五〇年）に完成している。

第三段階は、三嶋神社の一帯から厚東川までの「居能開作（阿川開作）」だ。

そしてこのとき、工事の「元締め」として入ってきたのが、秋富家だったという流れとなる。

すなわち最後の阿川毛利家の開作事業を助けたのが秋富久太郎の祖父・重太郎だったのだ。その延長線上に孫の秋富久太郎と秋田寅之助の兄弟が、秋富商事会社を立ち上げ、大正五（一九一六）年に秋富開作の工事を起工していたのである。しかも昭和に入り、国吉時右ヱ門の名で、改めて居能駅の裏側一帯の開作を進め、これが「昭和開作」と呼ばれるようになる。

『現代名士伝記全集　乾』の秋田寅之介の箇所には、昭和四（一九二九）年一月に埋め立てが終わり、同所に西沖ノ山炭鉱を組合組織で設立したと見える（明治四一（一九〇八）年に助田海岸に開いた西沖ノ山炭鉱とは別）。

これは昭和一〇（一九三五）年四月までつづき、一〇月に古谷博美さん（後の古谷鉱業㈱社長）が買収して中沖ノ山炭鉱の名で、昭和一五（一九四〇）年八月までつづけていた（『藤山総鎮守西宮八幡宮ご鎮座三百九十五年式年大祭記念誌』）。

さて、秋富家からほど近い藤山小学校入口の石畳道も、昭和八（一九三三）年九月に秋富久太郎の寄付で完成している。今でも上り口に久太郎の名を刻んだ石碑が座している。これは開校六〇

秋富久太郎の寄付で昭和8年9月に完成した藤山小学校の石畳道（令和４年５月撮影）

年周年の記念事業であった。

山田監督の叔母の嫁いだ秋富家は、郷土に大きく貢献した一家だったのだ。

《コラム①》 寅之介と秋田商会

秋冨久太郎と秋田寅之介は、共に秋富傳五郎の長男と次男である。

弟の寅之介が秋田姓なのは、明治二六（一八九三）年、一九歳のときに下関市東南部町（昭和三一年五月より南部町に改称）の柏長回漕店の娘・秋田コトの婿養子となったからだ（『大観秋田翁』）。以後、養父の秋田松次郎のもとで、柏長支店主として辣腕をふるい、日露戦争中の明治三八（一九〇五）年四月一日に秋田商会を設立した（『成功美談　秋田寅之介氏奮闘傳』）。

明治四〇（一九〇七）年に秋田商会が発行した『電信暗語録』（長府図書館蔵）の奥付には、清国営や大連に支店、旅順に出張所、韓国仁川に出張所の記載があり、早くも大陸に進出していた様子が伺える。

秋田商会大連支店について、『海外邦人の事業及人物』は、「材木類」を扱う会社として同社の「満洲総支配人たる秋富久太郎君の主催する處」としている。兄弟で力を併せながら発展させた会社であったのだ。

いま、下関市南部町に残る旧秋田商会ビルは、寅之介が大正四（一九一五）年五月に完成〔※1〕させたものである。

屋上に日本庭園を備えた和洋折衷型の西日本最初の鉄筋コンクリート建造物だ。

寅之介は実業のみならず、明治四二（一九〇九）年三月から下関市会議員となり（『山口縣人物史』）、さらには下関—対馬間の航路を開拓した関係から、大正六（一九一七）年四月には対馬から立候補して衆議院議員となっていた（『對馬近代史』）。

〔※1〕『成功美談　秋田寅之介氏奮闘傳』一八頁

《コラム②》 宮本照子さんに聞く

秋富家と縁続きになる宮本照子さん（横浜在住）と宇部全日空ホテル（現、ANA クラウンプラザホテル）でお会いしたのは平成二〇（二〇〇八）年二月八日のことだ。

宮本さんの夫・良知さんは、秋富久太郎の妹・新富タカを祖母に持つ。

照子さん自身は昭和四（一九二九）年に大阪で生まれていたが、昭和一一（一九三六）年に両親と宇部に入り、新川小学校、神原中学校、宇部高等女学校を卒業していた。

終戦後に父の片岡太吉郎さんが

上・大正４年竣工の下関市の旧秋田商会ビル（平成 28 年４月撮影）
下・秋田商会ビルの棟札（下関市観光施設課提供）

宮本照子さん(手に持つ写真は向かって左が秋富久太郎、右が夫・良知氏の若いころ)

居能の三嶋神社の境内の一郭で金物店を開いたことで、長く藤山で暮らしていた。そんな照子さんが秋富家の血を引く宮本良知さんと結婚したのは、昭和二四(一九四九)年のことである。

「主人(良知)は当時、浜通りにあった山口石炭販売会社に勤めていました。その後、会社が解散したので、三嶋神社の斜め前で雑貨店を開いたのです。昭和二七、八年ころでしょうか。そのころ山田洋次さんが突然に来られて、過激なことを口にしておられました。あのころはずいぶん無茶なことを言っておられましたですね」

―東大で学生運動をしていた頃ですか。

「多分そのころでしょう。主人も荒れていましたから、気が合ったんでしょう」

宮本照子さんによると、良知さんの父・宮本傅吉も満鉄(南満州鉄道)の参事まで務めたエリートだったという。

また、良知の叔父である新富直吉が秋田商会ビルを設計し〔※1〕、その後、ブラジル移民となっていた〔※2〕。

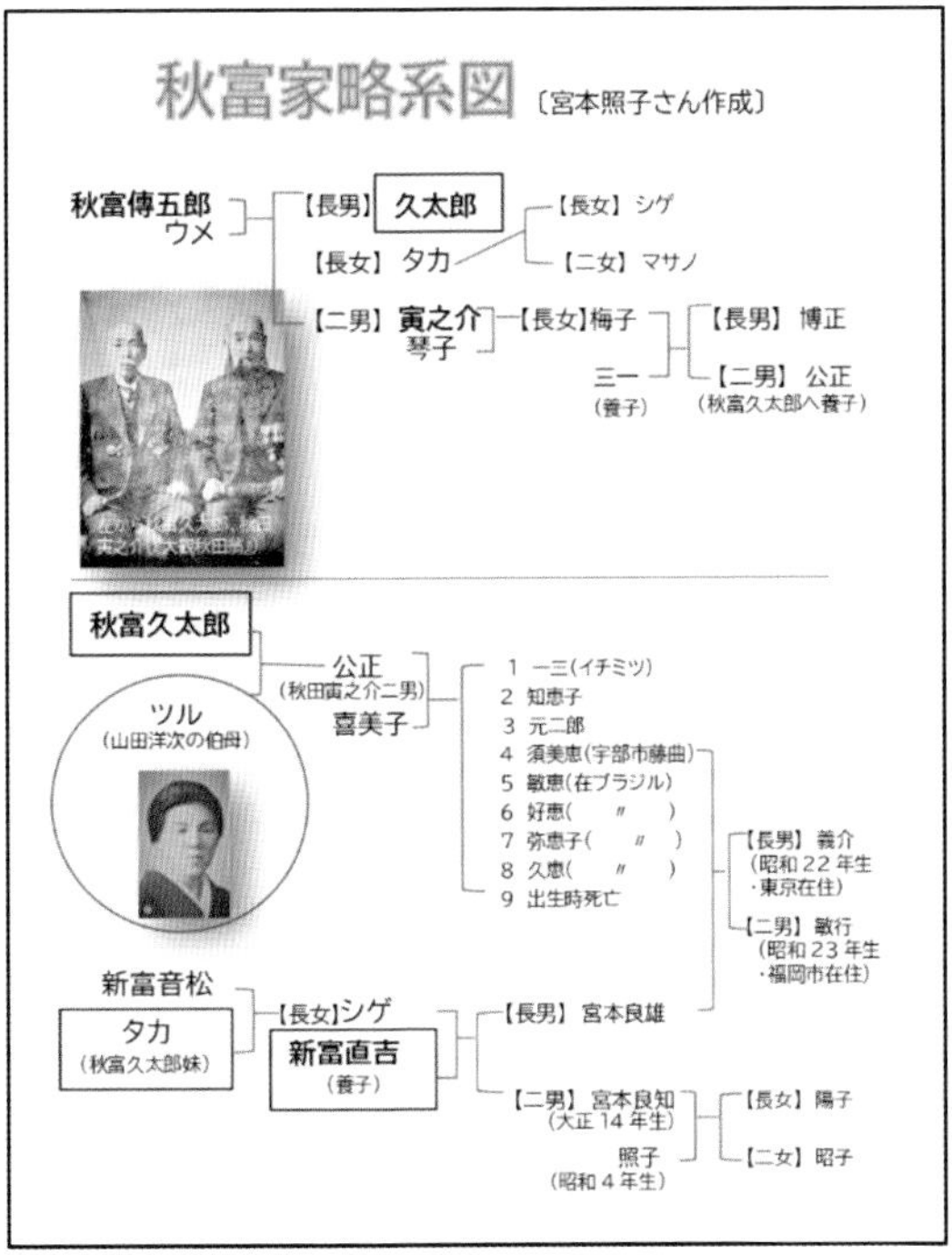

秋田商会ビルには、大正三(一九一四)年一二月二〇日付で「秋田寅之介建之」として、新富直吉をはじめとする四名を「設計監督ニ命ス」と記した棟札が保管されている。

〔※1〕『秋田寅之介』(二七七頁)には、「縁戚新富直吉は、さきに秋田商会の社屋の新築にはあらゆる精力を傾倒して監督の責任を果し」たとある。

〔※2〕『在伯山口県人移り来て五十年』(二〇九頁)には、「第一三四回ぶえのす丸」でブラジル移民した家族として「厚狭郡藤山村　新富直吉　四二歳」の移民記録が確認できる。船は昭和四年一一月一六日に神戸を出帆、一二月三〇日にサントスに着いたようだ。

②「トミヤ」の店番

〔昭和二二年三月～〕一六歳～

山田監督の一家は、昭和二〇（一九四五）年八月の敗戦により、満洲から追い出された。そのころを回想する。

「私たち一家も、命からがらリュックサックをひとずつ背負って米軍払下げのリバティ船に乗り、内地に引揚げた。父の姉が山口県の田舎町に嫁いでいて、とりあえずその家に身を寄せることになった」（『映画館がはねて』「寅さんと共に想う」）

山田監督が語る「父の姉」ツルの嫁ぎ先が藤山の秋富家であったのだ。

藤山に来た時期は、「昭和二十二年三月下旬」（『山田洋次・作品クロニクル』「山田洋次ロングインタビュー」）である。

昭和六（一九三一）年に大阪で生まれた山田監督は、父の正が満鉄（南満州鉄道）の技師であったことで、「物心ついた頃は、ハルビン（現、中国東北部）に暮らしていた」（『映画館がはねて』「ミセス・コウ」）と語っている。

一方で、「満洲育ちの私がはじめて内地の土を踏んだのは、小学校二年のときである。当時山口県の田舎に伯母がいて、その家に正月の数日間を滞在したのだ」（前同「山村さん」）とも明かしていた。

満洲の安東での山田一家。左から造酒治の妻カメ、後ろが長女ツル、前の男児が四男・富夫、造酒治、三男・久、二男・正、長男・高（明治44年8月）

秋富家で目にした藤山の風景が、山田監督にとって内地での最初の印象を刻み付けていたのだ。そして敗戦とともに、その藤山に再び引き揚げてきたことになる。

宇部中学校の三年に編入された山田監督は「生活費を稼ぐ」ことを求められた。「空襲で焼けた工場の整理」をしたというので、廃屋となっていた近くの宇部油化工場の後片付けでもしたのだろう。「干魚や竹輪、かまぼこを自転車に積んで行商のようなこともした」そうだ（前同「昭和二十年前後のこと」）。

九州帝国大学を卒業して、最高のエリートたる満鉄技師であった正が、敗戦とともに満洲を追われたように、旧家として栄えてきた藤山の秋富家も没落を迎えていた。

そんな正が、生活のために秋富本家の隣で「トミヤ」なる雑貨店を開き、店番をして日銭を稼ぐ生活を送るのだ。

正は『呟き』（近親者に配布した私家版冊子）で当時を振り返る。

「寄る辺もない私は山口県宇部市に生き残っていた老姉を頼って引き揚げ、この炭鉱町の場末に小店を開いて口を糊することにした。不得手な小商売だけでは到底子供たちの学資をかせぐことができないので、約三か年後、市役所の臨時嘱託となって少額ながら現金収入を計ることにした」

息子の山田監督の思い出はこうだ。

「店といっても闇で仕入れたさつま芋をふかして輪切りにして一皿いくらで並べたり、アンモニアのにおいがつんとするような竹輪やかまぼこ、粗悪な石けん、ロウソクなどといった雑貨まで手あたり次第に置く貧しい商いで、食料品などは空腹に耐えかねた私たち兄弟が、

正面が平原の交差点。左手の廃屋が「トミヤ」跡界隈。右手が原田輪店跡（令和４年１月撮影）

こっそり口に入れてしまう方が多いくらいのことだった」（『映画館がはねて』「青春紀行」）

秋富家の屋敷前に、平原の交差点がある。未舗装だったその道を、石炭を満載したトラックが曲がるたびに、石炭がバラまかれていたそうだ。それを「向かいに開業している理髪店の店主」である「後家さん」が仕事の合間に拾っていたという。山田監督はつづける。

「理髪店の隣が薬屋、反対側が自転車屋、さらに鍛冶屋、燃料屋とつましい店が軒を並べていた」

川根理容、宮野薬局、原田輪店、細川鉄工所あたりのことだろう。昭和四四（一九六九）年の『ゼンリン住宅地図宇部市』には秋富家の敷地内に「とみのや食堂」とある。「トミヤ」の後身である。

③ 山田家のルーツ

〔昭和一〇年〕 四歳

山田監督は自分には故郷がないと語

っていた。

「満州も故郷じゃないんですよ。満州にいた日本人は、祖国は日本だと思っていた」(『季節の思想人』)

むろん引き揚げ後の宇部も、山田監督には故郷ではなかった。彼にとって「故郷」とは「疲れたら帰っていって、心を休めることのできる場所」だった。だが、そういう「故郷」も、「戦後の高度成長」が断ち切ったと嘆くのである(前同)。

しかし「故郷」は喪失しても、ルーツはある。山田監督の父・正は「祖父母のこと」と題する、近親者のみに配布したワープロ打ちの家系記録を書いていた。

それによると、正の父・造酒治(山田監督の祖父)は、筑前柳河藩士・長野正平の二男として安政四(一八五七)年に生まれていたことがわかる。

造酒治は明治一〇(一八七七)年の西南戦争で「警視庁抜刀隊」(官軍)として参戦。足に銃創を受けたが一命をとりとめ、明治三三(一九〇〇)年には義和団事変鉄道連隊に入隊し、従軍していた。

つづいて遠縁が経営する志岐組(土木建築請負業)の仕事で、明治三七(一九〇四)年に満洲に渡り、安東に開設された志岐組支店で働くのだ。旅館も経営し、仲間と安東貯蓄銀行を創立するなど、実業家として成長していった。

以上は前掲「祖父母のこと」の記録によるが、公式記録では大正六(一九一七)年七月一五日に農商務省山林局が発行した『山林広報　第七号』に、安東県江岸二丁目一一番地に本店と工場がある株式会社・山下製材所の「役員」として造酒治の名が見える。山下製材所は大正五(一九一六)年九月に設立されていた。

山田監督一家が暮らしていた安東(絵葉書「国境安東の印」〔駅前より市街を望む〕・京都大学貴重資料デジタルアーカイブ)」(部分)

また、『大正十二年度　第二版　満洲銀行会社人事名鑑』には、安東県市場通六丁目に本店がある株式会社・満洲商業銀行の取締役に、やはり造酒治の名が確認できる。

こちらは明治四四(一九一一)年二月に「設立」されている。この満洲商業銀行が、前掲の安東貯蓄銀行の後身であった。そのことは『財界二千五百人集』の「藤平泰一」の紹介記事で確認できる。

いずれにせよ造酒治は満洲国の安東県で成功していた日本人実業家のひとりであったことは間違いない。

さて、造酒治の長女・ツル(山田監督の伯母)は、明治二二(一八八九)年に生まれていた。

つづいて長男・高が明治二六(一八九三)年、二男・正が明治二九(一八九六)年、三男・久が明治三二（一八九九）年、四男・富夫が明治四一（一九〇八）年に生まれていた。

　兄弟はいずれも成績優秀で、後に高は東京帝国大学、正が九州帝国大学を卒業し、共に満鉄の技術者になっている。

　久は若くして亡くなったが（大正一二年没）、富夫も同志社大学を卒業して満洲帝国の官吏になるなど優秀だった。

柳川市に残る山田家の墓と松尾正良住職

　私は山田監督の祖先の地である福岡県柳川市の順光寺小路（現、曙町）を訪ねたことがある。
　山田家の墓は東蒲池の臨済宗寺院・崇久寺の裏に残っていた。住職の松尾正良氏（昭和六年生）に案内してもらうと、「昭和十年十一月建之」と刻まれた墓石が境内に鎮座していた。
　建立者は山田ツル、高、正、富夫の四姉弟で、山田監督が四歳の時に建てられたものであった。

④ 母の離婚

〔昭和二五年〕一九歳

　母・寛子についても触れておこう。

「母は四十半ばの時父と離婚し、しばらくして別の男性と再婚した。財産のない貧しい人だったので、母は将来を考えて英語の教師の資格を取るべく大学に入った。あの年で人生をご破算にしてもう一度新しい生活を始めようという母のジャンプ力の凄さに、私は今でも感心している（『映画館がはねて』「母と私」）。

　山田監督は、母の性格についても語っていた。

「母は明治の終わりに満州の旅順で生まれ、女学校を卒業するまで内地の土を踏んだことがなかった。そのせいか開放的で、日本的な因習を嫌う。戦時中も頑としてもんぺをはかず、禁止されていたパーマを平気でかけた」（一九九六〔平成八〕年一〇月二日付『日本経済新聞』「私の履歴書②」）

　絶えず明るい方を目指す寛子にとって、満鉄エリートから転げ落ちて、「トミヤ」の店番をするだけの魂の抜けた夫が疎ましく感じられていたのだろう。そんな不満から、近くに住む藤本勇に恋心を抱くのだ。山田監督は、母の新しい恋人を「財産のない貧しい人」と語るが、これも戦後の没落の結果だった。

　山田監督は、「母が家を飛び出したのだが、東京ならばともかく宇部の田舎町では〈事件〉だったので、父の傷付きようは並大抵ではない」（一九九六〔平成八〕

年一〇月一二日付『日本経済新聞』「私の履歴書⑫」）と回想していた。

藤本勇の娘が、「父の離婚で苦しんだのは私たちの方だったですよ」と、私に打ち明けてくれたことがあった。

山田家の方は父親が残ったが、自分たちは大黒柱がいなくなったとの理由からである。

秋富本家のすぐ横に秋富商事の事務所（越後石油）があり、そこに藤本勇と縁続きになる藤本正憲と妻あさが、住み込みで働いていたという。正憲は文学青年で、勇も早稲田大学を出た文学好きであった。このため秋富商事の事務所が、彼らの集う文学サロンと化し、そこに寛子も出入りするうちに、勇と恋仲になったのである〔※1〕。

勇は藤山小学校にそびえるプラタナスの苗木を、青木周蔵に頼まれてドイツから持ち帰った藤本鷹之介の息子である。平原神社を建てた藤本源之進（兄が藤本鷹之介）の甥っ子で、藤本家もいわば地元の名士だった〔※2〕。

実をいえば私の父・堀潔（昭和五年生まれ・故人）が宇部中学校在学中（戦前）に友人たちと連れ立って、数学や英語を教えてもらっていた先生が、勇の弟の修吾であった。修吾は結核を患い、やがて他界したが、兄の勇は山口大学工学部で教鞭をとり、その後、別府の大学で教鞭をとるようになる。寛子が勇を慕ったのは、将来性のあるインテリに見えていたからだろう。積極的に「英語」を学んだのも、そういう背景からと思われる。

この話は、地元の古い人たちの間では知られており、長い間、山田監督が藤山を訪ねづらかった理由の一つであった。

藤山小学校のプラタナス
（令和４年５月）

実際、寛子は昭和二五（一九五〇）年、山田監督が東京大学に入学した年に、勇と再婚している。

秋富家と縁続きの宮本照子さんも、藤本勇氏とは知遇があったそうだ。照子さんは結婚前に藤山小学校の下の秋富文具店の並びに住んでいた。

その時の話として、「結婚式前日に藤本勇さんが来て、むかし浅草でオペラに夢中になったとかで、サンタルチアやオーソレミヨを近所中に響き渡る声で歌って帰った」という。そして、「その後、あんな事をなさるなんて本当に私たち宮本側も驚きました」と語るのである。

妻に逃げられた正の方は再婚しないまま、後に宇部市役所（交通局）に入り、運輸局長（昭和二九年九月〜同三三年一月〔※3〕）を務めている。

いずれにせよ、山田監督にとって平原の秋富本家は、家庭不在の苦悩の現場であった。だからであろうが、「〈絆〉で紡がれる家族の温かさ」（インタビュー記事）で次のように語ったのである。

「私は〈寅さん〉の物語を考えた時、登場人物をなるべく血のつながりの薄い人間だけにしようと思ったのです。寅次郎は妾の子である。だからさくらとは腹違い。両親は死んでしまっているけれど、おいちゃんとおばちゃんがさくらの面倒をみてくれた。家族同然に出入りするタコ社長にしても、これは完全に他人。『男はつらいよ』というのは、こうした血のつながりの薄い人たちが、一つの家族として生きることを目指す物語なのです」(『わが10代アンソロジー「生きる」を考えるとき』)

渥美清が名演技で人気を博した「寅さんシリーズ」の根底を流れるのは、暖かな家庭に憧れた、秋富家時代の生活体験が反映されていたことになろう。

〔※1〕「山田洋次と秋富家物語④」(平成一九年一二月二一日付『宇部日報』)。

〔※2〕藤山小学校のプラタナスと藤本鷹之介(弟)、藤本源之進(兄)の関係は「青木周蔵と郷土⑧」(平成一二年一一月七日付『宇部時報』)に記した。

〔※3〕宇部市役所内部資料「宇部市交通局事業管理者」名簿より。

⑤「寅さんとふるさと」

〔昭和二二〜同二三年〕一六〜一七歳

山田監督は藤山での生活について、「冬休みに兄と闇屋をやったことがある」と『映画館がはねて』(「青春紀行」)で語っていた。「キビナゴやアミの干物を山口県の日本海側にある仙崎まで仕入れにいくといい金になった」と。それは宇部線、山陽本線、美祢線、仙崎線を乗りついでの長旅であった〔※1〕。

そんな山田監督を藤山に呼ぼうという動きが起きたのが、平成一〇(一九九八)年一月からである。

地元の有志者たちが山田監督に手紙を書き送り、返事が来たことから、本腰を入れ始めたのだ。

没落する家系や母の離婚など、良い思い出のなかった山田監督からの、初めての好意的な反応でもあった。

そこで三月に七名で第一回発起人会を開き、六月には三六名で実行委員会を結成。藤山ＹＹ会が立ち上がる。

つづいて一〇月の藤山〝ふるさとまつりで、「寅さん」のパネル展示や、寸劇

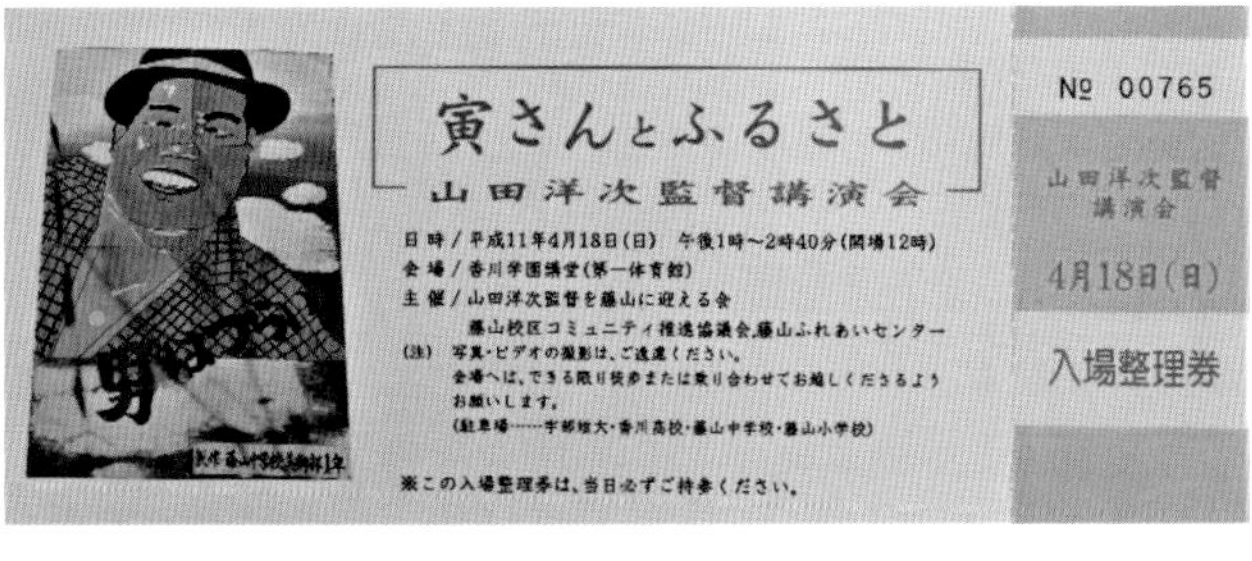

平成11年4月18日の香川学園での山田監督講演会の入場券
(唐津正一さん提供)

上〔左〕・仙崎まで走った「藤山YY号」
上〔右〕・藤山ふれあいセンターでの歓迎会(左は古谷博英さん)
下・香川学園での山田監督講演会の風景(平成11年4月・唐津正一さん提供)

「男はつらいよ」が上演された。一一月には藤山ＹＹ会メンバーが松竹本社で山田監督と会談し、藤山での講演会の承諾を得られた。

　こうして年が明けた平成一一（一九九九）年二月二七日に、プレイベントとして闇屋時代の山田監督の追体験をする「買い出し列車」が走ることになる。

　宇部線「居能駅」から美祢線軽油で仙崎まで三両編成のディーゼルカー「藤山ＹＹ号」が往復したのだ。

　そして四月一八日に、香川学園での山田監督の講演会「寅さんとふるさと」が実現したのであった。

〔※1〕藤山ＹＹ会を通じて山田監督と知り合った渡邉裕志さん（渡邊祐策曾孫）は、山田監督と話したとき、当時は美祢線の終点が「正明市駅」（現在の長門市駅）で、そこで仙崎線に乗り換えて「仙崎駅」まで行ったと話されたという。

⑥ハルさんは誰

〔昭和二二〜同二三年〕一六〜一七歳

　山田監督は『映画館がはねて』（「青春紀行」）で、仙崎まで買い出しに行く闇屋仲間に「ハルさんという名の若者がいた」と語っていた。小柄で饒舌、四角い顔にひょうきんに目をキョロキョロ動かして、笑いを誘う人物だったという。人を笑わせるだけでなく、取締りの警官さえ煙に巻く話術の持ち主でもあったそうだ。「寅さんの姿の向こうに」、「闇屋の時代のハルさんがオーバーラップされているように思えてならない」

　そう語った山田監督が、寅さんのモデルとした「ハルさん」とは、いったい誰なのか。地元で詮索がはじまるのも、監督を藤山に招く活動と連動していった。

　そのとき名乗り出たのが際波西ヶ丘に住んでいた宇部窒素工場の元職員・中村進さんであった。

　地元の詩壇『断層』にも北村旺司のペンネームで参加していた文学好きだ。

実際、平成一〇（一九九八）年九月発行の『断層』（三〇号）に、中村さんが北村の名で発表した「闇屋の頃」には、「私より九つ位違っていただろう」中学生時代の山田洋次が登場している。

当時、南方から復員した中村さんは仙崎まで干物を買い出しに行き、防府まで運んでいた。そんな闇屋の買い出し仲間「三十人位」の中にいた「ふにゃふにゃ顔の少年」が、少年期の山田監督だったというのである。

中村さんは平成一四（二〇〇二）年一月に没したが、同じ「断層」メンバーで、藤山ＹＹ会メンバーでもあった内藤節さんが、前出の「藤山ＹＹ号」に中村さんと乗り込み、車内マイクで中村さんが闇屋時代のことを話すライブを行っていた（『断層』四九号・内藤節「私友　北村旺司を悼む」）。

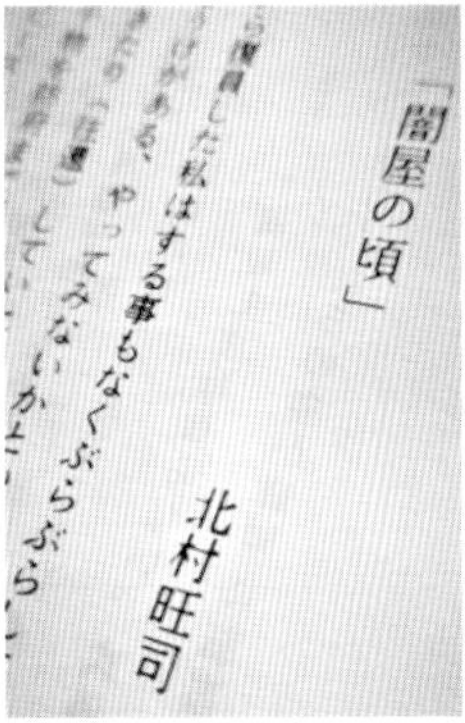

北村旺司「闇屋の頃」
（『断層』30号）

とはいえ、「ハルさん」を中村進さん個人と断定するのは、今となっては難しい。中村さんのような闇屋仲間の総体が、寅さんの原像だったというほうが、正確かもしれない。

《コラム》　もうひとりの原像

映画「寅さん」のモデルとして、個人的には別の人物が思い浮かぶ。すなわち山田監督の伯父・秋富久太郎の実弟・秋田寅之介だ。いうまでもなく「寅」の名で、文字通りの「寅さん」だからでもある。

実は、寅之介については、知られざる興味深い側面があった。

というのも昭和三（一九二八）年二月に、最初の衆議院議員普通選挙に立候補するも落選し、直後に佐原隆己なる人物が寅之介を「最高顧問」に担ぎ出して、「皇国太陽党」なる右翼団体を立ち上げていたからだ。

佐原がまとめた『大観秋田翁』には、皇国太陽党の興味深い活動が記録されている。

それによると、同志たちが秋田本邸（秋田商会ビル）に集まったので、「図書室と浪人部屋を邸内に急造した」らしい。また、昭和七（一九三二）年には、下関の政友会系の政治家たちが小笠原子爵の所有する下関要塞地帯の一部をアメリカ人に売り払おうとした際、大陸浪人が集まる黒龍会と協力して阻止した話などが載っている。

むろん山田監督は、伯父（秋富久太郎）の弟である秋田寅之介を知っていたはずだ。

重要なのは寅之介に、「皇国太陽党」率いる右翼浪人や任侠の「フーテン」の影がつきまとっていたことである。

柴又駅前に立つ「フーテンの寅」像

あるいは、それが「寅さん」の源像だったのかもしれぬ。山田監督は伯父の弟を、コミカルな味付けでデフォルメしたようにも見える。

⑦ 山高時代の思い出

〔昭和二三年〕一七歳

山田監督は、宇部中学校の三年に編入された後に、「全国一律で実施されたアチーブテストで山口県一位になった」ほどの秀才ぶりを発揮していた。

つづいて昭和二三(一九四八)年四月に入学したのが旧制山口高校である。

このときユニークな人物と出会う。のちに楠町(平成一六(二〇〇四)年に宇部市に合併)の町長になる笠井嘉門だ。

笠井は、長州藩士の子孫・細迫佐文太の二男として、大正一五(一九二六)年に生まれていた。

下関小学校を卒業し、豊浦中学校に入学、厚狭中学校へ編入するなどして、昭和二二(一九四七)年に山口高校へ入学したのは二一歳の年だ。同年秋には笠井マサと結婚して、昭和二四(一九四九)年に、嘉門は笠井家に養子入りする。

未だ細迫姓のままだった嘉門は、山口高校へ入った翌年、すなわち昭和二三年に鴻南寮の全寮委員長になった(『かもん』)。そこに山田監督が転がり込んできたわけである。

入寮コンパの夜の出来事を山田監督は語る。

「やがて寮委員長が立上り、歓迎の演説をはじめた。細迫さんといって、髭ぼうぼうの貫禄たっぷりのおじさんで、上級生の説明では年齢は三十過ぎで田舎には奥さんがいるらしい」

嘉門は三〇歳過ぎではなく、二二歳であったが、既婚者で風貌もそれなりだったので、山田監督には年配に見えていたのだろう。

一方、時代は左翼運動全盛期で、合言葉は「起てプロレタリアート」だった。ところが、どういうわけか嘉門の演説の文章の横に「座れブルジョア」と書いてあったのである。山田監督は首を傾げたそうだ。

嘉門は、「座れブルジョア」の言葉を取り上げ、「マルクス主義を批判するなら真面目に語るべき」と痛烈に非難した。それを聞いた山田監督は、「高校生活は何と素晴らしいところなんだ」と感動したらしい(『白線帽の青春　西日本編』)。

もっとも筆者には、「座れブルジョア」に嘉門が激怒した理由は、別の意味で、なんとなくわかる気がした。

息子の笠井泰孝さん(昭和二四生まれ)に、「細迫家は旧士族のブルジョアなので、揶揄されて怒ったんやないですか」と尋ねると、「そうかもしれんです」との答えであった。

山高時代の細迫嘉門(のちの笠井嘉門・『かもん』)

余談ながら、嘉門は山田監督と出会った時期に、ストライキ運動を先導し、昭和二四年(一九四九)に退学していた。

⑧ 東大に入る

〔昭和二五年〕一九歳

学制改革により、山田監督は翌年、東京大学を受験するが失敗した。しかし一浪後の昭和二五(一九五〇)年四月に、無事に東大に入るのだ(『寅さんの風景 —山田洋次の世界』第三章「汗と笑いと」)。

両親の離婚と大学入学。山田監督にとって昭和二五年は揺れ幅の大きな年であった。

学費と生活費は「伯母の送金とアルバイトで購」(『寅さんの風景 —山田洋次の世界』第四章「東京大学法学部」)ったという。それは伯母ツルの夫である藤山の秋富久太郎の援助に他ならない。山田監督は、そのころを語る。

「ツルというその名前のように、痩せて背の高い伯母には子供がいなかった。一年浪人したあげく、ぼくが東大の入試にパスした時は、この伯母は涙を流して喜んでくれたものだった。当時、山口県の宇部という町の、そのまた町はずれの小さな部落で東大にはいるということは一大事件であったのである」(『山田洋次作品集 8』)

左から東大生時代に帰省した山田洋次〔二男〕、正巳〔長男〕、正〔父〕、正三〔三男〕(「嘉寿園」にて・大野実さん蔵)

⑨ 平原の「嘉寿園」

〔昭和二一～同二四年〕一六～一八歳

秋富本家の三〇〇メートルほど北に鎮座する平原神社の西側に、かつて秋富家の別荘「嘉寿園」があった。

現在の『ゼンリン宇部市』(2020.01)で「古谷博英」の家になっているのは、秋富久太郎の没後、新光産業社長の古谷さんが購入したからだ(往時の別荘建物自体は現存しない)。「嘉寿園」は、昭和一七(一九四二)年八月の大水害の前には、すでに完成していたといわれている。

山田監督の一家が、満洲から引き揚げて秋富本家に入る一年余り前の昭和二〇(一九四五)年一一月に、中谷しげ子、美枝子、八重子の三姉妹が、別荘「嘉寿園」の方に住み込んでいた。

彼女たちの家は宇部市新町一丁目で中谷家具を経営していたが、空襲で店と家を焼かれ、父の里である厚狭(現、山陽小野田市)に両親が戻ったのである。ところが姉妹たちは藤山での仕事や学業があった。香川高等女学校を首席で卒業した長女しげ子が、校長推薦で久太郎の秋富商事会社の事務員になったことから、二人の妹と「嘉寿園」で暮らし始めたわけである。

　久太郎にしても、後継ぎとなる娘・喜久子を病気で亡くしたばかりのときだった（※1）。同年代の娘たちと暮らすことで気晴らしになったのだろう。

別荘「嘉寿園」。門前に立つのが秋富久太郎（佐貫家蔵）

　そのころを八重子さん（後に西村姓・故人）が、私に語ってくれたことがある。

「嘉寿園には別にお手伝いさんの家があって、何家族ものお手伝いさんが嘉寿園に働きに来ていました。姉は秋富商事の秘書の立場でしたので、私たち姉妹も秋富家の一員として、オジイサンにとても可愛がられました。そのころは大きな実業家になっておられましたが、自分の立場を自慢するでもなく、謙虚で穏やかな人でした。寄付などの社会奉仕も好んでされておられました」

左からツル、秋富久太郎、喜久子（昭和15年）

　八重子さんに限らず、久太郎を知る古い人たちは、久太郎を総じて「オジイサン」と呼んでいた。これも親しみやすい人柄からだろう。

　一方、山田監督の一家が平原に引き上げて来ると、老夫婦と女ばかりでは心細かったのか、山田監督と兄の正巳が一日交替で泊まりに来るようになった。伯母のツルが、二人に来るように言ったのだろう。八重子さんはつづけた。

「平原の交差点から高台にある嘉寿園まで来るのに、一〇分ばかり歩かなければなりません。田んぼ道を通り、坂道を登って、私のいる離れの前を通って、おば様の家の台所の入口へ向かうのです。その道幅が一メートルくらいだったでしょうか。あの坂道は私も好きでした。梅の木がずっと植えてあり、片側は草花が咲いておりました。その坂道を下駄ばきで歩くと音がよく聞こえましたが、坂を上って来る音が、兄弟で違っていました。山田監督の下駄の音はサクサクと切れが良く、お兄さんの下駄の音は少しゆるく引くような感じでした。毎夜、私のいる離れの前を通る時は、口笛を吹いていて、なぜか兄弟が同じ歌を唄っていました。シューベルトの〈セレナーデ〉〈コロラドの月〉〈菩提樹〉などでした」

　昭和二一（一九四六）年三月に、俵田寛夫が宇部好楽協会を立ち上げ、宇部の若者たちは、飢えたように音楽に群がっていた時代だった。山田兄弟も、そんな若者のひとりであったのだろう。

〔※1〕山田監督は喜久子について、『映画館がはねて』（「山村さん」）で、小学校二年時、秋富本家を訪ねた時のこととして、「伯母には十八か九のひとり娘、つまり私の従姉がいたのだが、この人は数年前から肺を煩っていて、ほとんど寝たきりの生活だった」と語っている。

《コラム》　山田洋次と宇部の音楽

　藤山ＹＹ会を通じて山田監督とご縁のあった渡邊裕志さん（渡邊祐策の曾孫）は、「家族はつらいよⅢ　妻よバラのように」の宇部試写会で、山田監督から宇部時代の思い出話を直接聞き出していた。

　そのときのことを私に語ってくれた。

「山田監督は、宇部に引き上げて来た時の思い出を、宇部も戦災にやられて焼け野原だったと話されました。新川駅あたりから東を見渡すと、手前の大きな渡邊翁記念会館と、はるか遠くに山口銀行宇部支店（旧宇部銀行）のコンクリートビルだけが焼け残って見え、その間には瓦礫しかなかったナ、と。そのころ渡邊翁記念会館では音楽会が開催されていたが、入場料もままならないボクは、鉄道の線路側の横の通路ドアに耳をくっつけて、中の演奏を聴いた、などともおっしゃっていました」

平成29年11月3日。山田洋次監督「妻よ薔薇のように　家族はつらいよⅢ」の東宝撮影スタジオ見学〔左から渡邊裕志、山田監督、玉田英生夫妻〕（渡邊さん提供）

　この話を聞いたあとで渡邊さんが調べたところ、渡邊翁記念会館で昭和二二（一九四七）年六月にオペラ独唱マリアが歌われたり、一〇月には戦時中を日本で過ごしたドイツ人ピアニスト「レオニード・クロイツァー」の演奏会が開かれていたことがわかった。あるいは翌昭和二三（一九四八）年一〇月には東京フィルハーモニーの演奏も行われていた。

「このあたりを山田監督は盗み聴きされたのでしょう」と渡邊さんは語るのである。

⑩　パンパンのように

〔昭和二五年夏〕一九歳

　山田監督の東大入学直後の昭和二五（一九五〇）年六月二五日に朝鮮戦争が勃発した。未だアメリカの占領下にあった日本では、七月八日にマッカーサー元

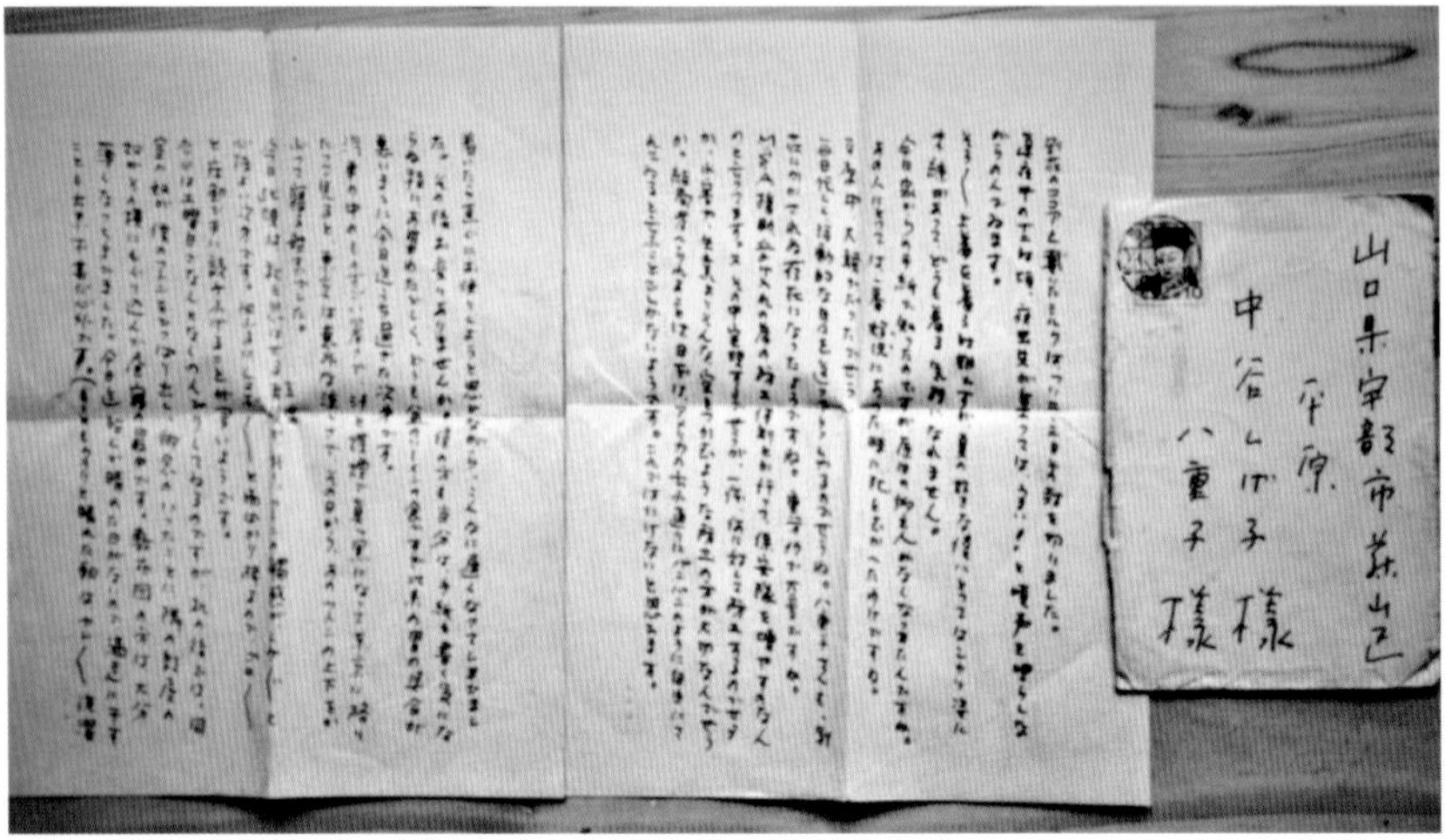

中谷しげこ、八重子宛の山田監督からの書簡（昭和 25 年・西村八重子さん蔵）

帥が吉田茂首相に宛てて、七万五〇〇〇人の警察予備隊の創設を求めた。その結果、八月一〇日にポツダム政令による警察予備隊令公布が施行されたのだ。

警察予備隊は一〇月一五日に保安隊と改称し、自衛隊の母体が出来あがる。

こうした親米保守の出現劇に、東大の学生たちが反米感情を募らせ、学生運動をはじめていた。

その渦中にいた山田監督は、平原の「嘉寿園」にいた中谷しげこ、八重子の姉妹宛に、「別荘のココアと戴いたミルクは、つい二、三日前封を切りました」で始まる長い手紙を書く。

書面はこうだ。

「今日家からの手紙で知ったのですが、原田の御主人がなくなったんですね。あの人にとっては、一番好況にあった時に死を迎へたわけですね。平原中大騒ぎだったでせう」

秋富本家と道を隔てた向かいの原田自転車（輪店）の主人が亡くなったのだ。

地元で酒落者として有名だったのは、岩鼻で親戚筋が「原田芸者」と呼ばれる社交場を経営していたからである。

居能商店街が買い物をする昼の街筋なら、岩鼻は飲食店やクラブが並ぶ地方版の大人の社交場だった。

つづいて山田監督は本題に移る。

「マッカーサー援助兵の受け入れの為の防衛体制とかいって、保安隊を増やすなんのと云ってます。又そのうち実現するでせうが、一体、何に対して防衛するのでせうか。水害や失業より、そんな空をつかむような防衛の方が大切なんでせうか」

さらには、強烈にとどめを刺す。

「結局考へられることは、アメリカの云ふ通りにパンパンのように自由にされてゐると云ふことでしかないようです。これではいけないと思ひます」

山田監督の内部には、左翼というより反米ナショナリズムの影が見え隠れしている。敗戦で全てを失い満洲から逃げ帰ったばかりなのに、またも騒乱に巻き込まれるのはコリゴリだ、というのが正直な心境だったのではあるまいか。

⑪ 進駐軍病院と「笑いの原点」

〔昭和二二～同二四年〕一六～一八歳

引き揚げ後の思い出として、山田監督は、「宇部の近くにあった進駐軍病院」でのアルバイトを語っていた。ここでの石炭運びや草刈り、掃除に加えて「便所の汲み取り」などの回想談だ（『山田洋次・作品クロニクル』「山田洋次ロングインタビュー」）。

くだんの「進駐軍病院」とは、現在の宇部市東岐波にある国立病院機構山口宇部医療センターの場所にあった旧山陽荘のことであった。

もとは昭和一七（一九四二）年一〇月に軍事保護院傷痍軍人療養所山陽荘附属看護婦養成所として開設された医療施設だった。ところが敗戦により、昭和二一（一九四六）年五月に占領軍であるニュージーランド軍により接収されたのだ（『国立療養所山陽荘病院　創立50周年記念誌』）。

いま病院の敷地内に、「6.N.Z.G.H」の文字の刻まれた石碑が鎮座するのが、そのときのメモリアルである。

すなわち、No.6 New Zealand General Hospital（ニュージーランド総合病院）の略であった。

山田監督は、ここでもアルバイトをしたようなのだ。ところが進駐軍兵士の排せつ物を天秤で担いでタンクに捨てる作業が、もってのほか苦痛であった。にもかかわらず、いつも冗談で周りを笑わせる「面白いお兄さん」がいて、彼と一緒なら「つらい仕事も耐えていけるぞ」という気分になったという。

山口宇部医療センター
敷地内の占領軍石碑
（平成23年7月撮影）

このときの経験から、「人を笑わせてくれる人は、周りの人間の苦しみを軽くしてくれる」ことを学び、それが「寅さんシリーズ」や夜間学校を舞台にした『学校』（一九九三年一〇月公開）の笑いにつながったというのである（二〇〇九年一月号『ラジオ深夜便』「100 年インタビュー銀幕に託す「幸せ」のかたち」）。

山田作品の「笑いの原点」も、旧山陽荘病院の眼下に広がる東岐波の海と空の青が混じり合う地にあったことになろう。ここも巨匠の原風景だった。

⑫『学校』の「先生」

〔昭和二四年〕一八歳

山田監督は映画『学校』（平成五（一九九三）年一一月公開）の主人公「先生」のモデ

ルが、平原の秋富本家時代にいたと、作家の三浦綾子との対談で明かしていた。

「ぼくは一九四七年に満州から山口県に引き揚げてきて中学に入りましたが、満州では学校が閉鎖されて一年近く行ってなかったものですから、特に数学の学力が落ちて困っていたんです。そしたら近くに住んでいた若い数学の先生が、哀れに思ったんでしょうね。〈教えてやるからうちに来い〉と言ってくれて。夜、その先生の家に勉強に通ったんです。もちろんお金はとりませんでしたよ。それどころか、貧しかったぼくにごちそうしてくれたり、本を貸してくれたりしましてね。その先生にぼくはとてもあこがれて、ああ、ぼくもこんな教師になれたらいいなあ、と思ったものです」(『三浦綾子対談集　希望、明日へ』)

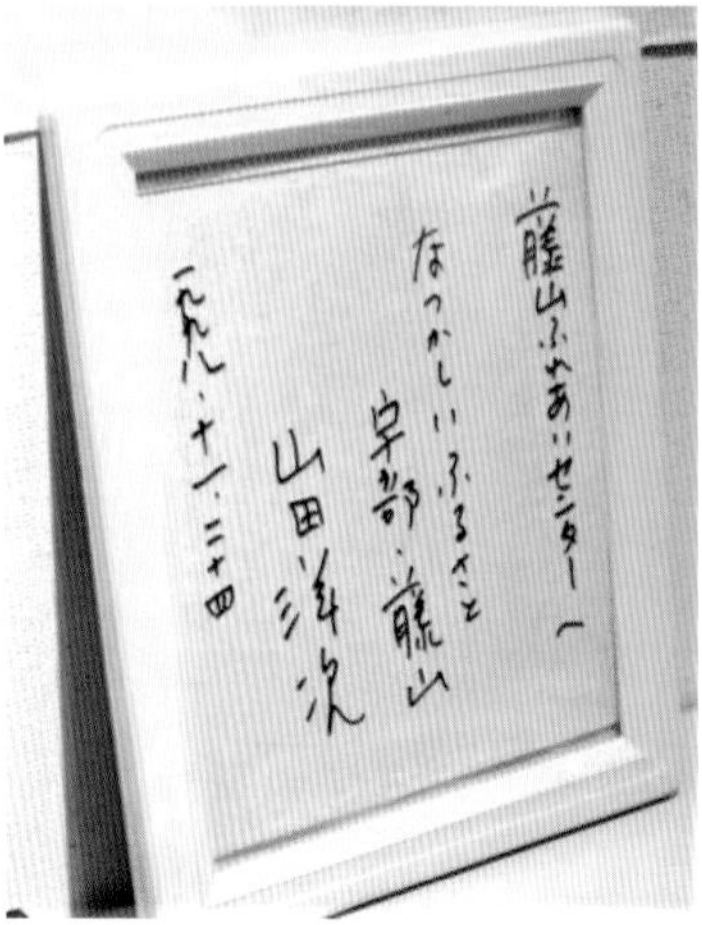

山田監督の色紙
（平成 10 年 11 月 24 日）

　この「先生」のモデルについて、平成一七年(二〇〇五)年四月に山田監督に手紙で問い合わせたことがある。

　すると代筆(最首いずみさん)ではあったが、一週間ほどで山田監督から解答が手紙で届いた。

「お尋ねの若い数学の先生の名前ですが、残念ながら覚えておりません。その先生とおつきあいがあったのは、昭和二四年でした。その当時、三〇歳にもならない独身の方でした」

　そのあとで、「ただし藤曲に住んでおられたのは間違いありません」と念押しがされていた。

　聡明な山田監督が、どうして大好きだった先生の名前を失念したのか、不思議に思えた。

　しかし次の瞬間、まさか私の父(堀潔)が宇部中時代に友人たちと勉強を習いに行っていた藤本修吾先生だったのでは、と思ったのである。

　本稿「④　母の離婚」で見たように、修吾の兄・勇が山田監督の母・寛子と恋仲となり、後に再婚した相手なのだ。

　だが、山田監督の記憶にないなら、それ以上の詮索は無意味だろう。

　地元の古い人に聞いてみると、「思い出したくないのかもしれない」という、妙にしんみりした答えが戻ってきた。

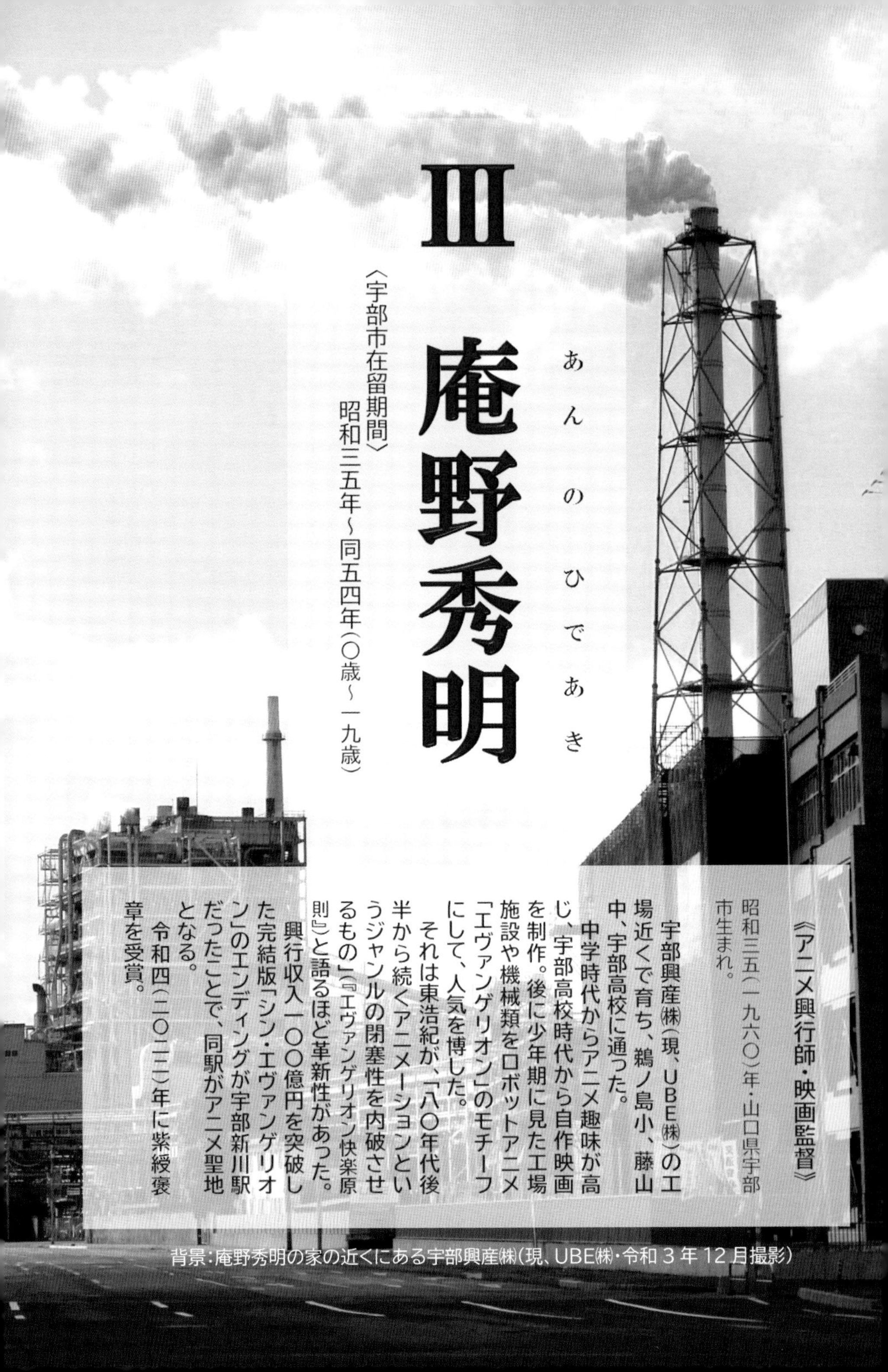

Ⅲ 庵野秀明《あんのひであき》

〈宇部市在留期間〉昭和三五年〜同五四年（〇歳〜一九歳）

《アニメ興行師・映画監督》

昭和三五（一九六〇）年・山口県宇部市生まれ。

宇部興産㈱（現、UBE㈱）の工場近くで育ち、鵜ノ島小、藤山中、宇部高校に通った。

中学時代からアニメ趣味が高じ、宇部高校時代から自作映画を制作。後に少年期に見た工場施設や機械類をロボットアニメ「エヴァンゲリオン」のモチーフにして、人気を博した。

それは東浩紀が、「八〇年代後半から続くアニメーションというジャンルの閉塞性を内破させるもの」（『エヴァンゲリオン快楽原則』）と語るほど革新性があった。

興行収入一〇〇億円を突破した完結版「シン・エヴァンゲリオン」のエンディングが宇部新川駅だったことで、同駅がアニメ聖地となる。

令和四（二〇二二）年に紫綬褒章を受賞。

背景：庵野秀明の家の近くにある宇部興産㈱（現、UBE㈱・令和３年12月撮影）

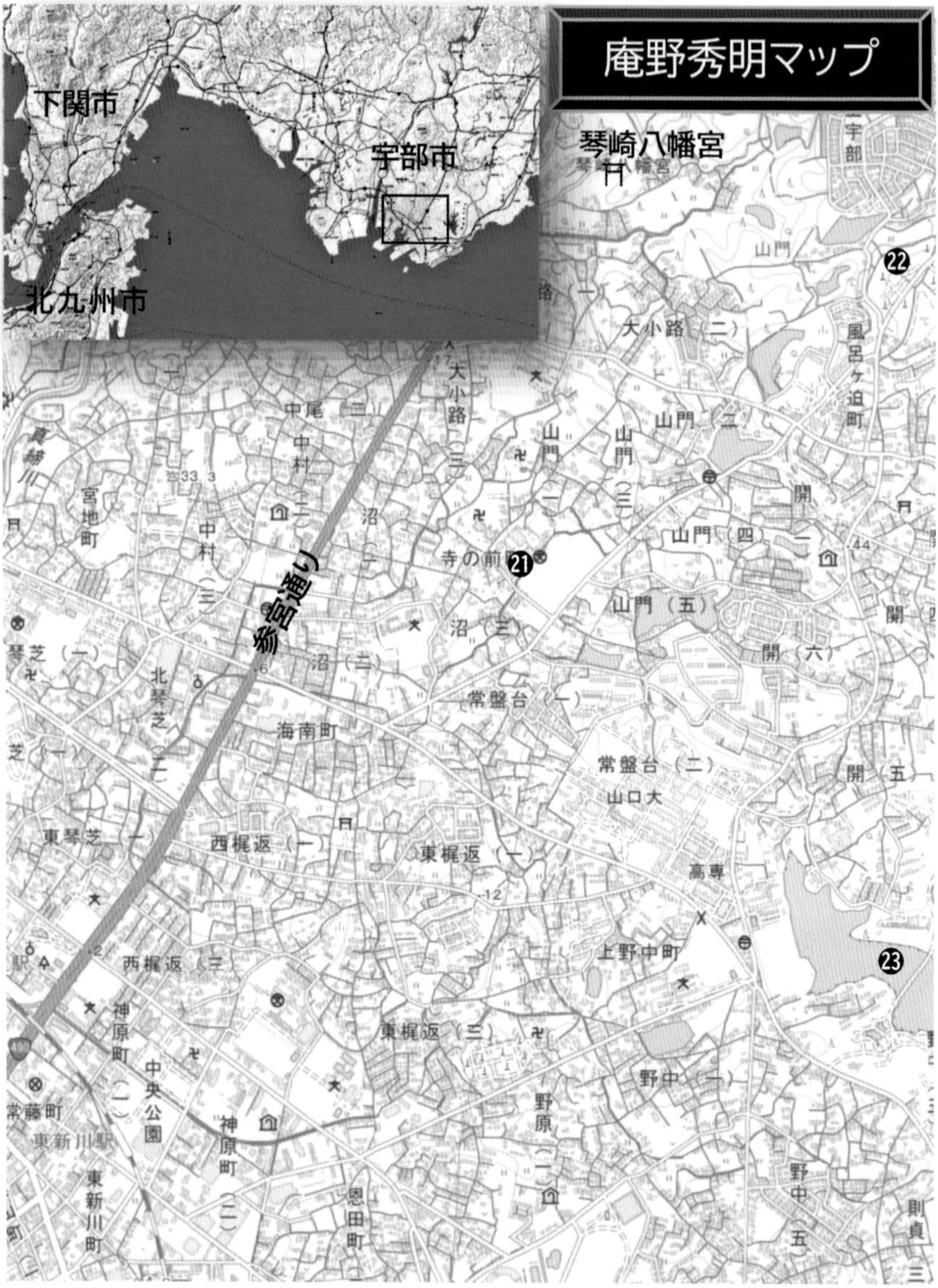

㉑宇部高等学校　㉒開公園墓地　㉓常盤池(ときわ公園)

（※「国土交通省国土地理院地図」より作成・令和４年７月）

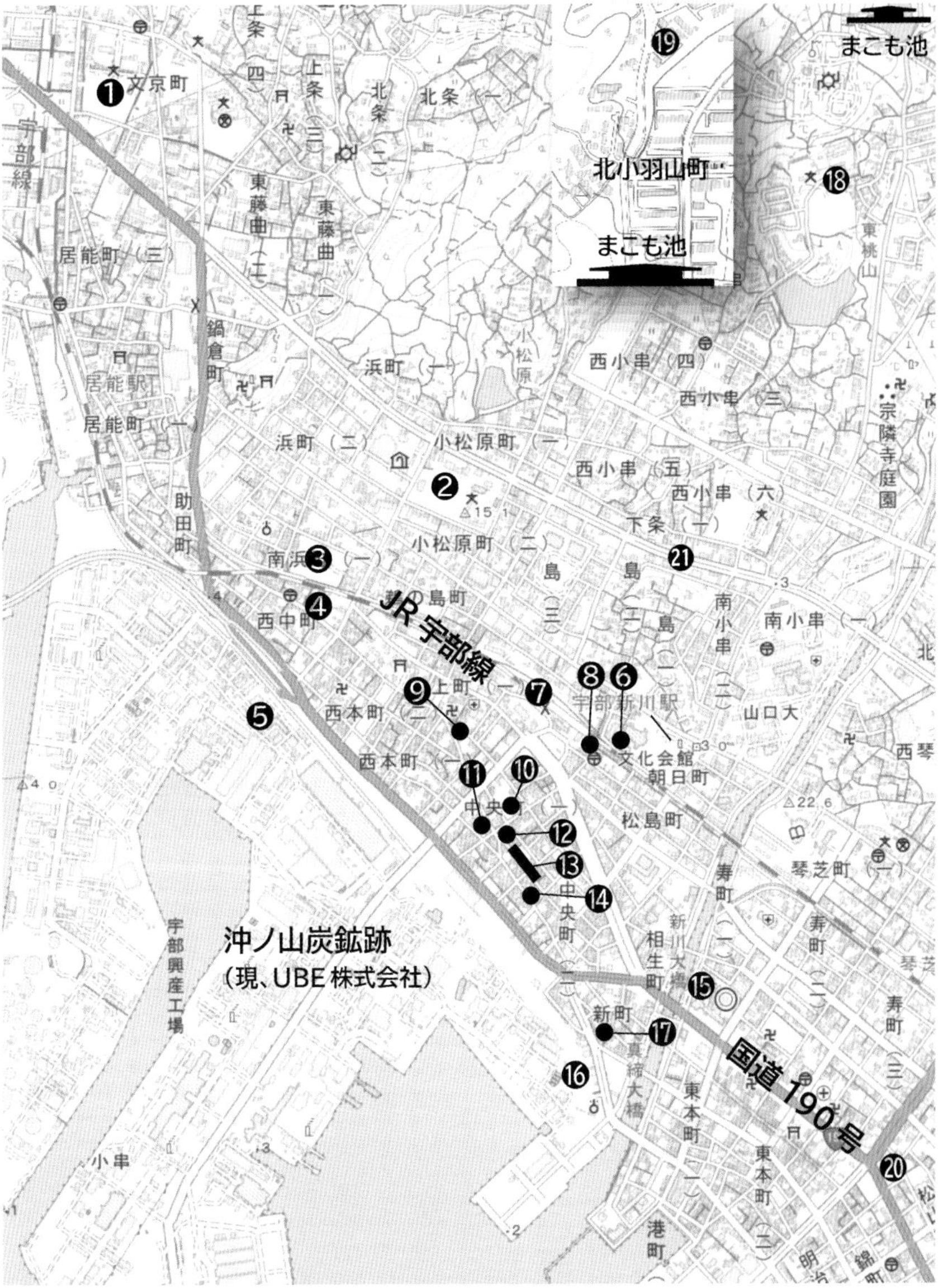

❶藤山中学校　❷鵜ノ島小学校　❸鵜ノ島公園　❹西中町の「明光荘」　❺宇部興産㈱の工場群　❻宇部市文化会館　❼宇部新川駅　❽島通踏切（シン・エヴァンゲリオンのポスターの風景）　❾三炭町　❿「大和」跡　⓫「太陽家具」跡（映画「式日」の舞台）　⓬トキヒロ（中央町 3 丁目）　⓭銀天街アーケード　⓮かふぇれすと　らいぶ　⓯産業祈念像　⓰「宇部港駅」跡　⓱戸野先生旧宅（2 階がアトリエ）　⓲桃山中学校　⓳北小羽山の庵野家旧宅　⓴「宮大路動物園」跡

エヴァンゲリオンとは何か

エヴァンゲリオンは『少年エース』の平成七(一九九五)年二月号から、貞本義行(周南市出身)のマンガで世に出た。

単行本は九月に出され、一〇月から庵野秀明監督の『新世紀エヴァンゲリオン』がテレビ東京系列で平成八(一九九六)年三月まで放送されている(全二六話)。

舞台は世界的大災害(セカンド・インパクト)後だ。復興を目指し、箱根(神奈川県)に第3新東京市が建設されていた。そこに正体不明の敵「使徒」が現れる。これと戦うのが国際連合直属の秘密組織ネルフが開発した汎用人型決戦兵器のエヴァンゲリオン(以下、エヴァと略す)だった。

操縦士として抜擢されたのが碇シンジ。ネルフの最高司令官・碇ゲンドウはシンジの実父である。

シンジはエヴァの初号機パイロットとなる。零号機パイロットは綾波レイ、二号機パイロットは式波・アスカ・ラングレーの二少女で、彼ら三人が主役級だ。

一方でネルフとその上部組織が目指す最終目標が「人類補完計画」。世界を書き換える謎に満ちたプロジェクトだった。

テレビアニメーション版を編集した旧劇場版『新世紀エヴァンゲリオン劇場版』(平成九(一九九七)年~一〇(九八)年)を経て、より完成度の高い映画版『エヴァンゲリヲン新劇場版:序』(平成一九(二〇〇七)年)、『同:破』(平成二一(二〇〇九)年)、『同:Q』(平成二四(二〇一二)年)が上映され、エヴァ人気は益々高まる。

その完結編の「シン・エヴァンゲリオン劇場版」が令和三(二〇二一)年三月に公開され、興行収入が一〇〇億円を突破した。この作品では前半部に自然豊かな「第3村」が登場していた。黒のプラグスーツを着たレイが長靴姿で村の婦人たちと棚田でイネを植えたり、農作業後にクモハを改造した公衆浴場に行ったり、これまでとは違う牧歌的な山村風景が描かれている。

藤田直哉(日本映画大学准教授)は『シン・エヴァンゲリオン論』で、こうした自然描写に加え、シンジが第3新東京市第壱中学校の同級生だった相田ケンスケと神社に頭を下げるシーンに着目し、「自然、世界、大地、他者、生命に触れることで、回復せよ」との庵野監督のメッセージを読み解く。「庵野もここで、大地に戻ろうとしている」と語っていた。

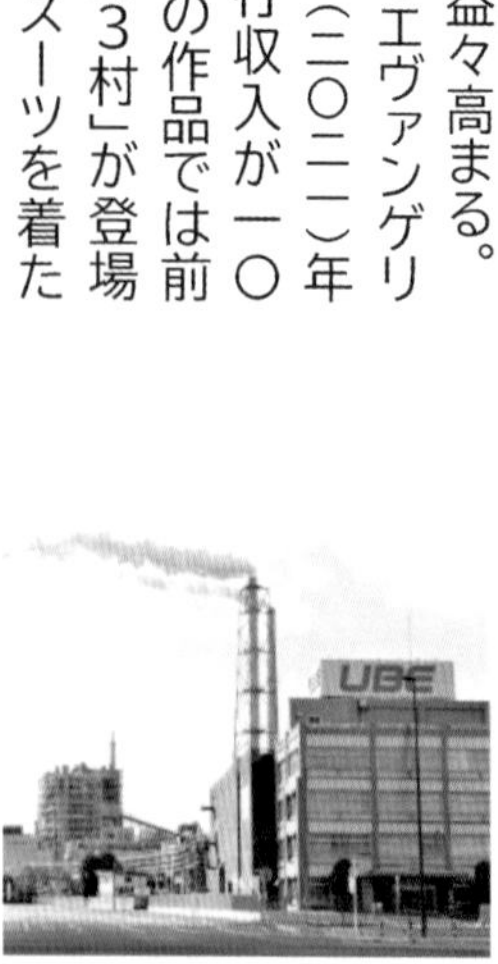

庵野監督が子供時代を過ごしたアパートの近くに宇部興産㈱(現、UBE㈱)がある(令和3年12月撮影)

故郷の〈美術工業都市〉

庵野監督は、石炭から化学工業へと発展した西日本の工業都市・宇部市で昭和三五（一九六〇）年五月に生まれていた。

当時の首相は山口県選出の岸信介。戦後の日米関係構築のため、新安保条約を強行採決。国論を二分する騒動の最中であった。

宇部市では五月一日のメーデーにおいて、渡邊翁記念会館前で三五〇〇人が新安保反対デモを決行していた（五月二日付『ウベニチ』）。

一方で、五月一二日の『ウベニチ』は、一〇日に開かれた宇部ユネスコ協会で、音楽通の俵田寛夫（宇部興産常務・宇部好楽協会会長）が会長に就任したと報じていた。寛夫は会長就任の挨拶で「ユネスコ活動で広い世界観を持ちたい」と語っていた。

先代の俵田明は石炭から化学工業への「革新」をけん引した宇部興産㈱の初代社長である。嗣子の寛夫は、戦後復興をクラシック音楽で成し遂げるなど、文化芸術を重視する実業を地域から推進してゆく。

俵田家は、明治維新に参画した旧長州藩士の一派で、明の父・勘兵衛は禁門の変に従軍後、郷土に近代的石炭産業の開発を親戚たちと手がけていた。旧領主の福原芳山を担ぎ出し、明治九（一八七六）年

上から「哲学者の煙突」、「パイプの神様」、「魔女の要塞」、「秘密基地ロケッタン」（UBE㈱の工場群・命名は筆者）

に郷土の再建に着手した家である。後に「宇部モンロー」と揶揄された クローズド・コミューンは、勝利者でありながら敗者の生活を強いられた宇部人の生き残り策といってよい。

　こうしたクローズド・コミューン下で、俵田家の庇護を受けた渡邊祐策が明治三〇（一八九七）年に沖ノ山炭鉱を成功に導くのだ。

　それこそが炭都・宇部の源流で、カール・ポラニーのいう自生的秩序（spontaneous order）の日本版実践だった。沖ノ山炭鉱を軸に、俵田明が創業した宇部興産㈱（令和四年四月にUBE㈱に変更）は、美術工業都市たる「革新」主義の具現として、庵野監督の原風景とも重なるのだ。

宇部市制施行一〇〇周年記念イベント「KAIYODO EVANGELION FIGURE WORLD」

〔令和四年三月一二日～五月八日〕

　エヴァンゲリオンのフィギュア展の初日となる令和四（二〇二二）年三月一二日に、ときわミュージアムホールを訪ねた。

　奇遇にも、その日の『朝日新聞』が、前日授賞式が行われた第四五回日本アカデミー賞のアニメ部門で、シン・エヴァが最優秀賞を受賞したと報じていた。整理券による入場制限は、コロナ対策のためでもあった。

ミュージアムイベントホールのイベント会場入り口
（令和4年3月撮影）

　ホール内は、「新世紀エヴァンゲリオン」の「序」「破」「Q」、そして「シンエヴァ」の四部に区分され、それぞれのコーナーに透明なアクリルケースが置かれ、映画の一場面がリアルなミニュチュアで再現されていた。

　昭和五（一九八三）年に開催された日本SF大会のプロモーション用で制作されたウルトラマン姿の庵野監督自身のミニュチュアも展示されていたのが印象的であった。

山口宇部空港×EVANGELION「まちじゅうエヴァンゲリオン第2弾」

〔令和四年七月八日～九月四日〕

　一般社団法人アニメツーリズム協会による二〇二二年版「訪れてみたい日本のアニメ聖地88」のひとつに選ばれた宇部市では、「まちじゅうエヴァンゲリオン第2弾」が七月から九月にかけて続行された。

　地元食材を使ったエヴァ・イメージメニューを提供する「まちじゅうエヴァグルメフェア」などの開催である。期間限定のエヴァに登場するキャラクターをあしらった土産物なども登場した。

　こうした流れに沿って山口宇部空港に高さ約三メートルの巨大なエヴァ初号機が設置され、階段にもエヴァの装飾が施されたのである。

　出入口の風除室のガラス面にもキャラクターが描かれ、二階出発ロビーには等身大の綾波レイ、式波・アスカ・ラングレー、渚カヲルのフィギュアなども展示された。

山口県立美術館「庵野秀明展」
（令和四年七月八日～九月四日）


　山口市の県立美術館では令和四年夏に「庵野秀明展」が開催された。

　入ってすぐの場所で出迎えてくれたのは、仮面ライダーのコスチューム姿の庵野監督の等身大パネルである。つづいて「原点」と題する最初のコーナーの入口には、庵野監督の宇部の旧宅にあった足踏みミシン

山口県立美術館　「庵野秀明展」の入口（令和４年７月）

が登場する。両親が仕立ての仕事で使っていた思い出の道具だ。

　庵野監督が中学、高校時代に熱中していた宇宙戦艦ヤマトの原画やウルトラマン、あるいは作品に登場する飛行機のフィギアなどもホールいっぱいに展示されていた。だが、興味深かったのは、むしろ宇部時代のスケッチブックや同人誌などの地元ゆかりの展示のほうであった。

　宇部で撮影した『式日』の取材用スチール写真や、シン・エヴァのポスターの原型たるＪＲ宇部線のレールをアレンジした『式日』のポスターなど、エヴァの聖地を感じさせる山口県らしい展示が目についた。

《コラム》　宇部市の鉄塔

山口県立美術館の第3村ミニュチュアセットの展示室の壁には、「エヴァンゲリヲン劇場版」と「シン・エヴァンゲリオン劇場版」の四部作で登場した山口県内の風景画蔵が複数、パネル展示されていた。

その一つに鉄塔の先端部が映り込んだ画像があった。それを見て、宇部市相生町の「NTT DATA」の鉄塔だと直感したのが、山口県会議員の高井智子さん（昭和四三年生まれ）であったと、あとで知った。

高井さんは初日セレモニーに県議として参加し、鉄塔をはじめ、見覚えのある風景に興味を持ったそうだ。そのとき会場案内で、「ぜひこの場所を探しに行って」と言われたことで、エヴァ・ファアンの友人たちとマイクロバスを借りて、聖地巡礼をしたのだとか。

なるほど、問題の鉄塔は、シン・エヴァの始まりから一五分辺りで、ほぼ同じ形状でわずかな時間ながら映し出されていた。

シン・エヴァに登場するのと同型のNTT DATAの鉄塔（令和4年９月撮影）

① ふるさとを取材したら

〔令和三年〕 六一歳

庵野秀明のドキュメンタリー番組「さよなら全てのエヴァンゲリオン」（二〇〇分）がNHK総合テレビで放映されたのは令和三（二〇二一）年八月六日だった。

庵野監督が宇部市西中町で子供時代を過ごしていたことで、郷土人には特に後半部が面白かったはずである。

中でも目をひいたのが、作品の終わり方がわからず悶絶する監督の姿だった。

そのとき鈴木敏夫（スタジオジブリプロデューサー）が登場して、「人がどうやって生きていったらいいんだろう」という作家性が、庵野作品の根底にあると語り出した。

インタビュアーが、「そういう作家性ってどうやって得たんですかね」と問うと、鈴木氏が「ふるさとを取材したらどうですかね」と口にして、「そこに、その秘密を解き明かしてくれる何かがある」とつづけた。

画面はいきなり宇部新川駅内の駅名プレートを映し出す。

次の瞬間、登場したのがホームのベンチに座る庵野監督だった。

それはシン・エヴァの最終場面で、新川駅ホームのベンチに座る主人公の碇シンジの姿そのまま模したものだった。

そして駅のベンチで鵜ノ島小学校時代の同級生と再会を果たすのである。

「さよなら全てのエヴァンゲリオン」で庵野監督が座っていた新川駅ホームの椅子（令和３年12月撮影）

つづいて画面に「1960年5月22日生れ 2人兄妹の長男」と白抜き文字が浮かび、庵野監督の回想が始まった。

《コラム》平成の「起点」とエヴァ

宇部市は市制施行一〇〇周年を記念して令和三（二〇二一）年一二月から令和四年三月まで「まちじゅうエヴァンゲリオン」と題してスマホスタンプラリーを開催した。また、既述のように同年五月までは、ときわミュージアムイベントホール（ときわ公園内）でのフィギュア展が開かれていた。

これまでも数回、庵野作品関係のイベントが市内であった。しかし今回は、完結編の「シン・エヴァンゲリオン劇場版」が興行収入一〇〇億円突破し、市が市制施行一〇〇周年を迎える〝一〇〇〟つながりで、大掛かりな事業となったのだ。

顧みれば庵野監督がテレビアニメ「新世紀エヴァンゲリオン」を発表したのが平成七（一九九五）年のことだ。この年は一月に阪神・淡路大震災、三月にオウム真理教による地下鉄サリン事件が起きていた。

作家の保坂正康は、前年（平成六年六月）に発足した村山富市内閣が、「戦後五十年の首相談話」を発表した波乱ずくめの平成七年こそが、「昭和の清算」という意味で、平成の「起点」と語っている（『平成史』）。

こうした時代の節目に、エヴァも誕生していたことになろう。

すでに見たように、テレビ放送後にリライトされたエヴァの新劇場版「序」、「破」、「Q」が映画公開され、令和になって最終章「シン・エヴァンゲリオン」が大ヒットしたという意味では、エヴァは平成を象徴するアニメ映画といえる。

② オウム世代

（平成七年）　三五歳

エヴァの世界観とオウム真理教の類似性については、当時教団にいた上祐史浩が民俗学者の大月隆寛との対談（『宗教問題』Vol.11 季刊 2015年夏季号）で明かしていた。

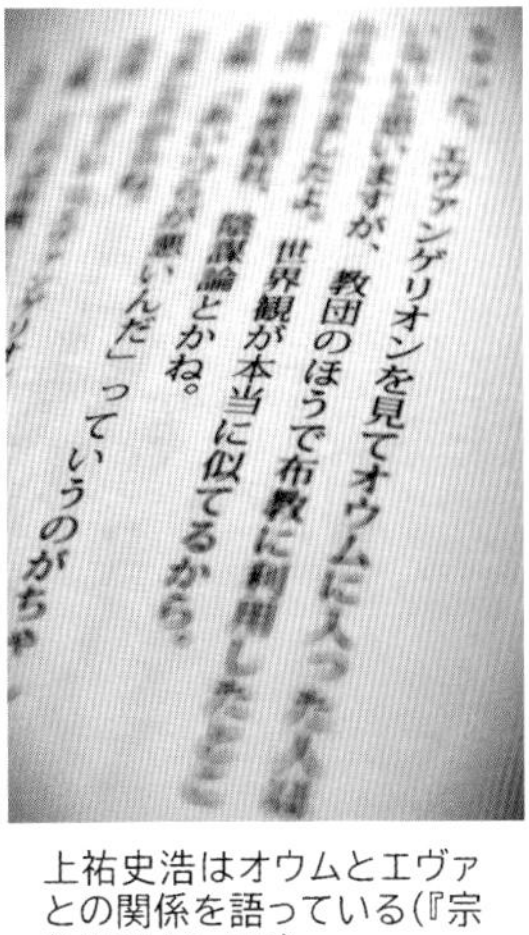

上祐史浩はオウムとエヴァとの関係を語っている（『宗教問題』Vol11）

【上祐】同じ年の秋にエヴァのアニメがスタート。当時オウム真理教がロシアのラジオ局を買い取ったんですが、その局名が〈エヴァンゲリオン・テス・バシレイアス〉でしたから。

【大月】もうモロじゃないですか。ネルフ（『エヴァンゲリオン』に登場する架空の国際特務機関）なんて完全にサティアンだもん、はっきり言って。

【上祐】あのアニメを見ると〈人類補完計画〉とか言って、肉体はなくなってもポアされればいい、みたいな感じで。

【大月】相当オウムですよ。だって綾波（『エヴァンゲリオン』のヒロインの一人）

だもん。「私が死んでも代わりはいる」なんてセリフは特に。

【上祐】で、劇中で〈セカンド・インパクト〉とかいうのがあるんですね。つまりハルマゲドン。〔略〕一時期オウムとのつながりが噂されましたが、監督の庵野秀明氏はきっぱり否定していて、それは実際そうなんでしょうけれど、何か共通の土壌があるのは確かで。〔略〕エヴァンゲリオンを見てオウムに入った人はいないと思いますが、教団のほうで布教に利用したところはありましたよ。世界観が本当に似ているから。

実はオウム真理教との類似性は、地下鉄サリン事件が起きた翌年（平成八年）に、月刊カルチャー雑誌『STUDIO VOISE』（一九九六年一〇月号）で、東浩紀との対談において庵野監督自身が語っていた。

それは形をもってない「〝使徒〟という敵」のイメージを解説した場面である。

【東】オウム真理教の敵のイメージに凄く近い気がしたんですが。

【庵野】オウムとは同世代だと思います。良く判りますね。

【東】僕は監督より10歳くらい下なんですが、僕から見て監督の世代というのは本当にオウムに対してシンパシーが強い。ただ、監督が言うような〝オウム的なもの〟と、実際のオウムは区別しなきゃいけないのでは？

【庵野】僕らはオウム的な部分はものを作ったりして、合理化というか、昇華してきた。オウムにいた人たちはそれをやらなかった。本当に世間を憎んで、自分たちの意思で閉鎖、実践してしまった。団体自体が昇華すれば良かったんですが、どんどん自転車操業的にぬかるみに入って行って、最終的に自滅したんだと思います。

エヴァ世代は、オウム真理教世代でもあったわけである。

《コラム①》シンジは庵野監督か

エヴァの主人公は碇シンジである。父の碇ゲンドウの命令で、汎用人型決戦兵器のエヴァに搭乗させられ、正体不明の敵「使徒」と戦う少年だ。仮想敵に怯え、サリンを製造したオウム真理教とロボットアニメのエヴァシリーズのストーリーのシュールさは、確かによく似ている。一方で、死ねと言わんばかりの必死の戦いを父に強いられる悲劇性は、父の景行天皇に過酷な戦いを命じられた伝統的なヤマトタケル神話的でもあった。

シンジは庵野監督自身ではないのか？　その問いには、監督自身が答えていた。

「シンジ君って昔の庵野さんですかって聞かれるんですが、違うんですよ。シンジ君は今の僕です」（『庵野秀明スキゾ・エヴァンゲリオン』『庵野秀明ロングインタビュー』）

何かと話題となったエヴァの物語は、式波アスカ・ラングレー、綾波レイなど、シンジを巡る女性キャラも俎上に上がった。その、いずれにも自己肯定感の低い、一種の精神病理性のあるキャラクターという共通点がある。むろん、その度合いは、ほぼ引きこもり状態のシンジが最も顕著なのだが、それは客観的には庵野監督自身の投影といわれており、精神科医の斎藤環などは、「エヴァは庵野秀明の〈私小説〉だ」とまで言い切っている（『シン・エヴァンゲリオン』を読み解く』『エヴァの呪縛、その成立と解放』）。

《コラム②》『愛と幻想のファシズム』

　エヴァをインスパイアしたのが村上龍の『愛と幻想のファシズム』であったことはよく知られている。昭和六二（一九八七）年に講談社から上・下で発売された小説で、主人公はファシストのトウジ（鈴原冬二）である。相棒のゼロはナチズムに彩られた狩猟社の主宰者で、本名は「相田剣介」。狩猟社は、敵対者を殺すファシズム革命を遂行し、組織を拡大する物語である。

　この小説に魅了された庵野監督は、エヴァンゲリオンの創作段階で主人公を男か女にするかで迷った際に、キャラクターデザイン担当の貞本義行に「トウジ」と「ケンスケ」の二人の名を記したメモ書きを見せていた。

　テレビ版の副監督・鶴巻和哉によれば、最初は『愛と幻想のファシズム』のような「父権的」ファシズムアニメを考えていたそうだ。だが、そうは「ならなかった」と語る（『庵野秀明パラノ・エヴァンゲリオン』『〈エヴァンゲリオン〉スタッフによる庵野秀明　〝欠席裁判〟（後編）』）。

　なるほどシン・エヴァに至るまで、庵野作品には「鈴原トウジ」と「相田ケンスケ」が登場する（いずれも主人公・碇シンジの同級生）。にもかかわらず、彼らがファシズムの実行者という設定ではなかった。

村上龍著『愛と幻想のファシズム』
（上・下　講談社）

　とはいえ、エヴァシリーズにファシズムのにおいが漂うのは、やはり旧体制と対峙する「革新」のファシズムが、根底に流れているからだろう。それは庵野監督の精神内部の投影であり、すでに見たとおりオウム・真理教の国家改造に向かう行動と酷似していた。

　実際、オウムに入信してルポを書いたノンフィクション作家・大泉実成も、「綾波レイを見てると、オウムの女の子を思い出すんですよ」と語っている。あるいは編集者の竹熊健太郎が、「庵野さんの中に、麻原的なものというか、現実を変えたいみたいな意識ってあるんですかね」と直接問いかけた際に、庵野監督自身が、「あると思います」と明言してもいた（『庵野秀明パラノ・エヴァンゲリオン』「庵野秀明ロングインタビュー」）。

　庵野監督の根底から浮かび上がるのは、既成社会へのオウム的ルサンチマンなのだ。その原体験が出身地の宇部にあったことは、当時の生活を明かした庵野監督の言葉から読み取れる。

　すなわち家が貧しかった理由として父親の片足欠損の事実を明かし、「身障者の父親が、そんなに稼げるほど世間は甘くないですね。日本という国は、足が一本ない人間に対して、そんなにいいことはしてくれない」と怨嗟の言葉を吐きつけていたからだ(前同)。

あるいは宇部高時代に美術部部長になった理由を、「山口県というのが、頭の固い土地で、マン研もない」(前同)からとも述べていた。

それればかりか、「ウチの親父は身体障害者なんですが、その親父のコンプレックスっていうものの直撃を受けている」(『庵野秀明スキゾ・エヴァンゲリオン』『庵野秀明ロングインタビュー」)とさえ明かしていた。

庵野監督は、『愛と幻想のファシズム』のゼロこと「相田剣介」が、弱者から強者にのし上がるためファシズムを身体内部に取り込んだように、自らもエヴァという作品を通じて、弱さからの脱却をはかったのではあるまいか。

こうしたルサンチマン説を裏付けるように、庵野監督は出身地の宇部市の市制施行一〇〇周年事業「まちじゅうエヴァンゲリオン」の公的イベントでも、市民への挨拶も全くしなかった。公的行事で主役がここまで影が薄い聖地も珍しいのではないか。

やはりエヴァとは、庵野監督が生まれ変わるための「狩猟社」だったように見えるのだ。

③ 西中町の「明光荘」

〔昭和三九年～同五四年〕 四～一九歳

庵野監督が子供時代を過ごした西中町一丁目の木造アパート「明光荘」を訪ねてみた。

その地が、かつて上町と呼ばれていたのを私が知るのは、すぐ前の駐車場の空地に、戦前まで私の祖父・堀磨の屋敷があったからだ。

大分県直入郡宮砥村(現、竹田市の一部)の村長(堀頼彦)の二男として明治二三(一八九〇)年に生まれた祖父は、日韓併合前に渡鮮し、朝鮮総督府の官吏となっていた。ところが半島からの炭鉱労働者が大量に宇部に流入したことで、役人を辞めて大正末に沖ノ山炭鉱に入ると上町に屋敷を構え、外地から入る労働者の人事管理を担ったのである。

西中町の松本銀次郎宅〔左側〕と明光荘〔右〕(令和３年12月撮影)

その祖父も、昭和五（一九三〇）年に肺炎で亡くなり、二人の子供を抱えた祖母は屋敷を人に貸し、近くに別に小さな家を借りて、弟が営む居能の野村呉服店の手伝いをして暮らしをたてた。

　祖父の旧宅は、大東亜戦争期に米軍の焼夷弾で焼かれたが、まさか隣接して、大工の松本銀次郎さんの親（松本行雄氏）が戦後に「明光荘」を建てていたとは、知らなかったのだ。

庵野監督の母校、鵜ノ島小学校
（令和３年12月撮影）

　実は「明光荘」のある現在の西中町は、庵野監督の「シン・ゴジラ」にも一瞬だが登場する。

　映画の中ほどで、強大化するゴジラの被害から逃れる住民の避難所として「群馬県伊勢崎市　避難所（西中町公民館）の字幕が現れるのだ。

　それが監督ゆかりの地であることは、直前に登場する「埼玉県加須市避難所（鵜ノ島小学校体育館）」で、宇部の人たちにはわかる仕掛けになっている。

　庵野監督の母校・鵜ノ島小学校は、「明光荘」からＪＲ宇部線の踏切を越えて直進し、酒のフロンティア（鵜ノ島店）の角を右手に折れれば到着できる。

　平成一一（一九九九）年一〇月二四日にＮＨＫが放送した「課外授業　ようこそ先輩」では、その鵜ノ島小学校で庵野監督がアニメの授業をしていた。

④　仕立師の父

　庵野監督の一家と共に「明光荘」で暮らしていた成藤圭吾さん（昭和一五年生れ）は、隣接して自分の家を建てていた。

　すぐ横を、かつてクモハ42が走っていたＪＲ宇部線の線路が走る。

　玄関から声を投げると、成藤さんが出てきて、懐かしそうに語りはじめた。

「庵野さんの一家は、最初は大家の松本銀次郎さんの家の二階に住まわれていました。それから明光荘の二階の真ん中の部屋に移られたんです」

―お父さんは何をされていたのですか。

「卓哉さんは仕立師でした。出身地のツワノ（島根県津和野町）の製材所で足を怪我されたとかで、宇部に出て来て洋服の仕立ての仕事をはじめたと聞きました。当時は、宇部興産に消費組合というのがありましてね。最初のころは、そこの仕事を請け負っておられました。私の父が布を切る裁断師で、卓哉さんと一緒に働いておったんです。工場は、三炭町のワサキさんの奥にありました。卓哉さんは私より一〇歳くらい上だったでしょうかね」

―そのころの庵野監督のご家族は…。

「卓哉さんと奥さんの文子さん（宇部市広瀬出身）。それから秀明さんと妹の富士子さんの四人家族でした。私たちは、秀明さんを〈庵野の兄ちゃん〉、妹さんは〈フジちゃん〉と呼んでおりました」


　その後、卓哉さんと文子さん夫妻は、銀天街の中のトキヒロ（中央町三丁目）に仕立てた洋服を収めに行くようになったようだ。トキヒロのオーナーだった時廣一さんは、大型スーパー「大和」の社長でもあった。両方の店を手伝っていた弟の時廣篤雄さん（昭和一二年生まれ）は、庵野夫妻をよく知っていた。

「ご主人のほうが上着で、奥さんの方がズボンを仕立てておられましたよ。二人とも非常にまじめな職人さんでした。昔は銀天街の入口にうちの支店がありましてね。そこの二階で庵野さんご夫婦が仕事をしておられたです。私が成人式に着ていった服も、庵野さんが作ってくれた洋服でしたからね」

　いまその銀天街のアーケードも、一部分を残して取り払われている。すでにトキヒロも営業を終えているが、建物はかろうじて往時の姿を保ち、「トキヒロ」の文字だけが残っている。

上・庵野監督一家の思い出を語る成藤圭吾さん（令和３年12月撮影）
下・銀天街の「トキヒロ」跡（令和４年１月撮影）

《コラム》 LET'S 09と「09システム」

テレビ版『新世紀エヴァンゲリオン』第一話（第壱話「使途、襲来」）で、シンジが乗るエヴァ初号機が一度も動いたことがないため、赤木リツコが次のセリフを述べていた。

「起動確率は 0.000000001%、オーナインシステムとはよくいったものだわ」

　この「オーナインシステム」が、庵野監督の郷土・宇部市においては、中央町二丁目の国道一九〇号線の三叉路にあったLET'S 09（レッツ09）に由来すると噂されてきたのである。

　かつて商業施設「丸久」があった場所だ。その建物をビル化した際に丸久を〇に九にちなんで、LET'S 09に名前を変えたのである。

　土地の所有者でもあった長田浩幸さん（平成二（一九九〇）年生まれ）はエヴァファンで、「09システム」がテレビに出たのをリアルタイムで見ていたと語る。

「09システムはテレビ版だけに出てくるんです。あとで、うちの土地にあったLET'S 09が名前の由来ではないかと聞いたとき、とても親近感を持ちました。

LET'S 09（平成 9 年刊『わたしたちの宇部』より）

ボクは生まれたときから、LET'S 09を見てましたからね」
　宇部人なら、庵野監督がLET'S 09を作品に取り入れたとしても、さほど不自然には思えないのである。

⑤ 宇部線とクモハ
〔昭和三九年〜同五四年〕四〜一九歳

　シン・エヴァの前半部に登場する第3村は、電車の車両基地でもあり、天竜浜名湖鉄道の天竜二俣駅（静岡県浜松市）をモデルにしたといわれている。

　この第3村の風景をはじめ、後半部で碇ゲンドウが息子のシンジに向けて独白する場面も、クモハ型の電車内部が使われており、電車好きの庵野監督の嗜好が伺える。

　ちなみに『エヴァンゲリオンと鉄道：補完計画』では、鉄道が好きな理由を庵野監督がつぎのように語っていた。

「3つ4つの頃から中学までは住んでいたアパートのすぐ近くに必ず国鉄の線路があったんです。近くにあったので、ずっと鉄道が好きでした」

　確かに、「明光荘」の前の路地の突きあたりに、宇部線が通っている。その線路を越えれば、実写版『式日』で登場した鵜ノ島公園がある。

　庵野監督はつづける。

「当時走っていた車両は、ブドウ色の国

「明光荘」近くの JR 宇部線の線路
（遠方が新川駅・令和 3 年 12 月撮影）

電42系電車やクモハ51型でした。〔略〕小野田線の雀田駅に行くクモハ42だけが1両でしたね」

《コラム》クモハ42

エヴァのシリーズには、庵野監督が好きな鉄道や電車が多く登場する。シン・エヴァのポスターも島通踏切から小串通踏切に向けて撮った線路の風景だった。

西中町の「明光荘」の傍を通るJR宇部線は、俵田明の奔走により、昭和四(一九二九)年五月に開通した宇部電気鉄道が母体であった(『宇部と俵田三代』「俵田明の巻」)。

俵田明が手がけたものがエヴァに与えた影響は鉄道だけではない。

庵野監督は語る。

「鉄でできている構造物が好きだったのも近くにコンビナートがあったからだと思う」(『エヴァンゲリオンと鉄道:補完計画』)。

それは宇部興産の工場群である。これも俵田が推進した石炭から化学工業への具現として誕生したものだったのだ。

むろん俵田明が没して(昭和三三年)二年

左・クモハ42内部(平成22年)。右・厚東川橋鉄橋を走るクモハ42(昭和60年・共に山切真一郎氏撮影)

後に庵野監督は生れている。

したがって直接の面識も交流もなかった。にもかかわらず俵田が残した「精神都市」としての「革新」の郷土が、庵野監督の鉄道趣味や機械好きを誘発し、それがシン・エヴァに色濃く投影されたという意味では、エヴァ・シリーズのふるさとが炭鉱街・宇部にあったというのも、うなずける話ではある。

実際、シン・エヴァには、図書館に改造されたクモハ40054が登場していた。

あるいは終盤にゲンドウがシンジに告白するシーンも、ロングシートに向かい合って座るクモハ40っぽい車内の風景だった。

そもそも、庵野監督が平成一二(二〇〇〇)年に宇部で撮った『式日』には、当時まだ宇部線を走っていた現役のクモハ42がそのまま登場している。

山口県立美術館での「庵野秀明展」でも、『式日』の撮影時に撮られたスチール写真に、小野田観光協会が設置した「クモハ42型制御電動車」の説明板や、車内風景が何枚もあった。庵野作品の重要なモチーフが、子供のころから目にしていたクモハだったのである。

⑥「明光荘」からの眺め

西中町の「明光荘」の大家の次女である田中要子さん（昭和四六年生まれ）が、かつて庵野監督の一家が住んでいた松本銀次郎宅の二階と、アパートの二階の部屋を案内してくれた。

大家の二階といっても、入口は別で、裏側から鉄製の階段を上がる六畳と四畳半の二部屋の間取りの部屋が現れる。

とはいえ、アパートの「明光荘」も似たような間取りなのだが、面白いのは、いずれの部屋の窓からも、宇部興産の工場の一部と工場域の発電所の煙突が見えることだった。

そして何よりも、庵野監督が大好きな電柱や電線も視界にあったのだ。

ゆかりの地に立てば、庵野作品が、子供の頃に見た風景と重なっていたことがよくわかる。そんなテクノスケープ（産業景観）こそが、庵野監督にとっての精神のふるさとであり、エヴァシリーズの原風景であったことがわかる。

左・「明光荘」近くの電柱。昔の「上町」の表記がある（令和３年３月撮影）
右・「明光荘」の2階（庵野一家が暮らした部屋）からの眺め（同年12月撮影）

⑦藤山中学校時代
〔昭和四八年〜同五一年〕一三〜一六歳

昭和四八（一九七三）年四月に庵野監督は藤山中学校に入学した。そこは藤山小学校と鵜ノ島小学校の卒業生の通う中学で、庵野監督は後者からの入学組だった。

藤山中には、西中町の「明光荘」から歩いて通っていた。大家の松本銀次郎さんの三人娘の長女・松島明子さん（昭和四五年生まれ）が当時を振り返る。

「妹のフジ（富士子）ちゃんは私より一つ下じゃなかったでしょうかね。同じ鵜ノ島小学校だったので、時々遊んでいました。でも、お兄さん（庵野監督）の姿はほとんど見ませんでした。年も離れていますし、部屋でずっとマンガを描いてたんじゃないでしょうか」

とはいうものの、今でいう「引きこもり」ほどではなく、時にはアパートの前で絵を描くこともあったらしい。

橋本美和子さん（松本銀次郎の妹で昭和

一八年生れ）は、息子の智仙さん（昭和四二年生まれ）が、アパートの子供たちと遊ぶスナップ写真を取り出すと、片隅で絵を描く学生服姿の中学生を指さした。

「これが庵野秀明さんですよ。息子が五歳くらいなので、庵野さんは中学の一年生くらいじゃないでしょうか」

　絵を描くのが好きだった中学時代の姿をとらえた貴重なポートレートだ。

　ちなみに当時の庵野監督はザ・ドリフターズの「8時だヨ！ 全員集合」ではなく、もっぱら裏番組のキカイダーやキューティーハニーを見ていたと語っている（令和三年八月よりAmazonプライムビデオで配信された「庵野秀明＋松本人志 対談」での証言）。

《コラム》一久ラーメン

　画家の安野光雅（昭和元年生まれ）が『絵のある自伝』で「宇部の少年時代」と題し、明治町で暮らしていた宇部工業高校時代の思い出を綴っている。戦前の話で、近所に屋台の「支那そば」を売り歩く朝鮮人がいたという。

一久ラーメン（新川店）

宇部ラーメンのルーツだ。
　この伝統は戦後に受け継がれ、有名な一久ラーメンが昭和四五（一九七〇）年に東新川で開店。三年後の昭和四八（一九七三）年には宇部新川駅前にも登場した。庵野監督より二年下である私も、中学・高校時代には一久ラーメンをよく食べたものである。
　そういえば、『エヴァンゲリヲン新劇場版：序』に、「一久」の文字が入ったカップラーメンが登場していた。当時は存在しなかったカップラーメンであったが、少年時代の庵野監督の思い出の投影であることは、同世代の宇部人には容易に察しがつく。

⑧ 戸野昭治郎の回想

〔昭和五〇年～同五一年〕一五～一六歳

庵野監督が藤山中学校で出会った美術教師が戸野昭治郎さんであった。

　まずは、昭和六（一九三一）年に広島県呉市で生まれた戸野さんの略歴から見ておこう。

　戸野さんは造船所の技術者だった父親の長崎転勤により、小学校一年の終わりに長崎へ移住していた。その父が沖ノ山炭鉱の機械の修繕係になったことで、小学校四年からは沖ノ山学校に通ったという。

　一四歳で終戦を迎え、戦後は宇部中学（現、宇部高校）へ進学。「山田洋次監督は、ボクの一年下に入ったと、後で人から聞きました」と教えてくれた。

　一方で、戸野さん自身は宇部中を卒業して画家を目指すが断念。一年間、宇部窒素工業で働き、山口大学教育学部へと進学した。卒業後は須恵小学校の担任を皮切りに、美術教師として桃山中学校、藤山中学校を歴任する。そこで生徒だった庵野監督と出会うのである。

　西岐波下片倉の自宅アトリエで、戸野さんは懐かしそうに語り始めた。

「ボクが庵野君を教えたのは最後の年だったですね。昭和五一（一九七六）年に、ボクは厚南中学校に赴任し、庵野君も卒業して宇部高校に行ったですよ」

—庵野監督は、そのころから絵がうまかったですか。

「うまかったね。ボクは美術の時間だけ描いたんじゃあ力がつかんと思うたので、毎週一枚ずつ、週課題で描いて来いと生徒に言うたんです。そのときボクのところに来て、〈先生、マンガでもええですか〉って言うたのが庵野君でした。わたしゃあ、美術の先生じゃから困りましてね…。〈どんなマンガを描くかしらんけど、まあ、ええいや〉というたんです。それから彼は、一所懸命に…、マンガを何回か見せてくれましたよ」

—どんなマンガでしたか。

「宇宙戦艦ヤマトじゃね。松本零士の。ボクはね、はじめて松本零士を教わったのよ、庵野君から。それでこれは面白いなと思って、彼をだいぶん褒めたような気がします。で、彼も、ボクの許しを得たから、まあ、調子が出たんでしょうね」

アトリエで思い出を語る戸野昭治郎さん（令和４年１月撮影）

　卒業後も、戸野さんとの付き合いはつづいたようだ。戸野さんはつづけた。

「そのころボクの家は新町にあって〔※1〕、二階がアトリエでした。そこに藤山中学校の卒業生も時々来ておったのです。庵野君が宇部高校のときだったでしょうか、彼の先輩と、女の子がひとり、それからボクと三人で絵のことを話し合っていたら、階段をトントンと上がる音がして、庵野君が来たんです。それで〈まあ上がれいや〉と言いましたが、そのまま話を続けているうちに庵野君はいなくなりました。どうもボクのいないときにもアトリエに来て絵を描いていたようなんです。ボクのアトリエにあったものを画いた庵野君の作品が、何枚か庵野君のところに残っていたそうです。この前、ＮＨＫの取材班がその絵のコピーを持ってきたので〔※2〕、はじめて知ったのです」

〔※1〕大林運動具店と道を挟んで向かい側にあったとのこと。

〔※2〕ＮＨＫの「さよなら全てのエヴァンゲ

リオン」の取材時のこと。

《コラム①》「一日一絵」展

戸野さんが、「庵野君がボクの個展を見に来てくれたことがあったですね」とつぶやきながら、アトリエ内の棚を探しはじめた。

そのうちに、「ああ、これだ」といって和綴じのサイン帖をテーブルの上に置いた。

表紙に「戸野千空　一日一絵一〇年の歩み展」と書いてあり、下に「1999.12.23～26宇部市文化会館」と添え書きがしてある。

宇部市や山口市の美術展で市長賞や山口県展知事賞の受賞歴を持つ戸野さんは、平成元(一九八九)年一一月から一日一枚の絵を描き、一〇年目を迎えた平成一一年一二月に文化会館で個展を開いていた。そこに東京から帰郷中の庵野監督が遊びに来たというわけである。

サイン帖には、独特のクセのある字で「庵野秀明」と記されていた。その時期は、NHKが「課外授業　ようこそ先輩」で庵野監督を放送した(平成一一年一〇月)直後であった。また、翌年の平成一二(二〇〇〇)年には、宇部で『式日』を撮影するタイミングでもある。

《コラム②》　桃山中学校の「群像」

庵野監督の美術好きは、戸野さんとの出会いに加え、当時の宇部の美術教育そのものの盛り上りが影響を与えていたと見るべきだろう。戸野さんは、その中心にいた美術教師でもあったのだ。

藤山中学校に赴任する前の桃山中学校時代に、「群像」と題するセメント彫刻を教師と生徒の共同作業で完成させていたからだ。

昭和四一(一九六六)年度の卒業生作品で、宇部市が平成五(一九九三)年四月に発行した『宇部の彫刻』にも写真が掲載されている「約二〇人の若き群像たちの、日常の思い思いの姿態がそれぞれにとらえられている」とキャプションの付いた堂々たる作品だ。

―桃山中学校でセメント彫刻の「群像」を作っておられますよね。石や鉄、それからコンクリートやセメントなどを素材にした彫刻を展示する「第一回宇部市野外彫刻展」(※1)が昭和三六(一九六一)年七月に常盤公園ではじまり、昭和四〇(一九六五)年には「第一回現代日本彫刻展」が同じく常盤公園で開かれていますでしょう。「群像」の制作は、そういう動きと関係があったんでしょうか。

「はっきりとは覚えていませんが、当時はね、桃山中学校には美術の先生が、藤原文夫(ふじわらふみお)、それから木屋健(きやけん)という若い先生がいました。そのころは大き

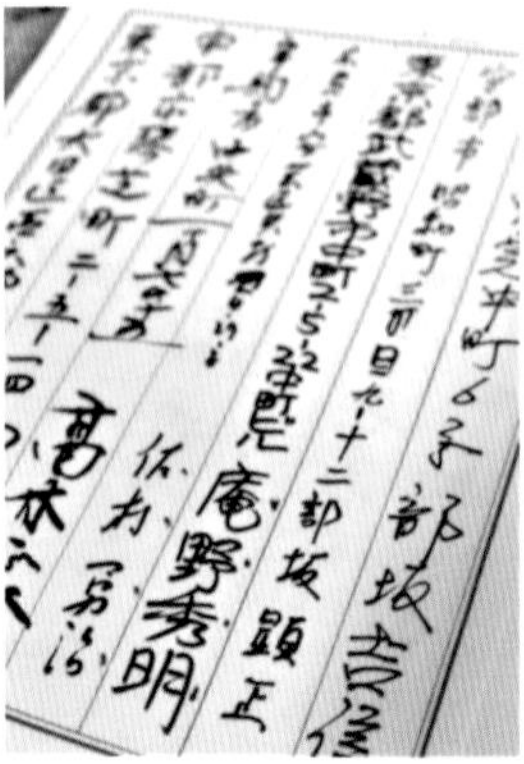

上・『戸野千空　一日一絵 10年の歩み展』サイン帖(平成11年12月)
下・桃山中学校の「群像」完成時(昭和47年12月7日発行『桃山の美術』No.1)

な学校で、一学年だけで一二クラスまでありました。だから、美術の先生が三人いるんです。その三人で一杯呑んで…、あのころはみんな教育に燃えていましてね…。国語の先生たちにもけしかけた覚えがあります。〈二十四の瞳〉のような、みんなで力を合わせて何か記念的なものを造ろうじゃないかということで、国語の先生も確かおっちゃったろうと思います。それで授業でも取り上げてもらい、放課後を使って生徒と一緒に〈群像〉を造ったんですよ」

　俵田寛夫の宇部好楽協会に加え、文化で戦後復興を牽引する「第一回宇部市野外彫刻展」から宇部市全体の情操活動が盛り上がる時代に、庵野監督の美術趣味も形成されていたことになろう。

〔※1〕「第一回宇部市野外彫刻展」の彫刻素材については藤井匡の「第一回宇部市野外彫刻展の歴史的位置」の「出品リスト」による。

⑨ 動物ねんど工作コンクール

〔昭和五〇年〕 一五歳

　庵野監督の中学時代の自慢話の一つが、常盤遊園協会が毎年夏に主催する「動物ねんど工作コンクール」の第九回で入賞したことだ。私も子供の頃に貰った覚えのある地元の子供相手の小さな賞であるが、さすがに成人後に真顔で自慢する輩は見たことがなかった。

　しかし令和三(二〇二一)年一〇月から一二月半ばまで国立新美術館(東京・六本木)で開催された「庵野秀明展」で賞状が堂々と展示され、図録『庵野秀明展』にも所収された。「藤山中学校第三学年」だった庵野監督が貰ったのは、「常盤遊園協会長賞」で、日付は昭和五〇(一九七五)年九月一日。賞状の下に監督手作りのヤギの粘土像の写真が貼られている。この形式は私のときも同じであった。

ときわ動物園のある常盤公園で開催された庵野秀明「エヴァンゲリオン展」(平成27年1月)

　東京の大きな美術館で宇部の「動物ねんど工作コンクール」の賞状が公開されたのは、おそらく史上初ではあるまいか。もちろん山口県立美術館での「庵野秀明展」でも展示されていた。

　その賞状は「第九回」となっているが、そもそもは現在の「ときわ動物園」の前身・宮大路動物園とウベニチ新聞社が共催で昭和三五(一九六〇)年七月に行った「第一回動物粘土コンクール」が最初である。毎年行われるコンクールで、「第九回」目まで一五年もあり、カウント的には疑問が残るが、いずれにせよ庵野監督の生年にはじまった文化事業だった。「動物ねんど工作コンクール」は、昭和三〇(一九五五)年に開館した宮大路動物園を盛り上げるための地域の文化イベントのひとつであったのだ。

顧みれば、昭和二一（一九四六）年三月に俵田寛夫の宇部好楽協会が発足して戦後の文化的な都市作りが幕を開けた。宮大路動物園が開館した昭和三〇年の一二月に「産業殉職者慰霊碑」建立プランが浮上したのも、その流れにあった。

これは翌昭和三一（一九五六）年一一月に真締川公園で産業祈念像として除

「動物ねんど工作コンクール」の発祥地・宮大路動物園（宇部市常盤動物園協会提供）

幕され、昭和三六（一九六一）年七月の常盤公園での「第一回宇部市野外彫刻展」につながる更なる文化主義を誘導した。

いずれも俵田寛夫のいた宇部興産㈱（現、UBE㈱）の影響の濃い事業だった。

実際、昭和三六年一一月一七日付の『ウベニチ』は「興産総合美術展開く」と題して、宇部興産自体が従業員家族の第八回目の美術展覧会を開いたと報じている。おそらく毎年一一月の宇部まつりに合わせたもので、昭和二九（一九五四）年一一月ごろから始まった社内行事と思われる。俵田寛夫の宇部好楽協会の活動や、俵田明の下にいた宇部興産の中安閑一が昭和三〇年六月に結成した「宇部を花で埋める会」などの市民活動の盛り上がりと呼応しながら、郷土の石炭開発史を刻印した地場企業が、地域と結びついた総合美術展を開催した流れである。

庵野監督の「動物ねんど工作コンクール」受賞も、こうした延長線上の文化イベント案件のひとつだったわけである。

⑩「かふぇれすと　らいぶ」

〔昭和五一〜同五三年〕一六〜一八歳

私が藤山中学校から宇部高校に入ったのが昭和五三（一九七八）年四月で、二歳上の庵野監督が、宇部高校の三年になった年である。

入学して間もなく、文化祭で先輩たちの手作り映画「ナカムライダー」を体育館で見た。窮屈な高校生活で、そこだけぽっかり空いた自由空間だった。

生徒会長の「中村君」を主人公とした仮面ライダーのパロディー版だが、それが庵野監督の作品であったことは、むろんあとから知ったことだ。

平成二五（二〇一三）年一一月に、ヒストリア宇部（旧、宇部銀行）で開催された「エヴァンゲリオン展」を見に行ったときも、液晶テレビで「ナカムライダー」が上映されていた。そのとき字幕に、「協力　浜田　田村　山根　永山　総務会の人々　その他…」と記されていた。

「ナカムライダー」の主人公は、久万高

原天体観測館に勤務していた中村彰正さんである。

字幕に登場する「浜田」は、中央高校の濱田亮。「田村」は、宇部高校の田村達夫。「永山」は、商業高校の永山竜叶。「山根」は、宇部高理数科の山根雄二である。ただ、濱田、永山、山根は、いずれも病気やけがで若くして亡くなった。

メンバーが宇部高校以外にまたがっていたのは、地学部天文班が学校を越えた人脈で活動していたからだ。地学部天文班を率いていた一学年上の岸田裕之さん（昭和五三年・宇部高校卒）の影響が強かったようである。

岸田さんは中央町で〈かふぇれすと らいぶ〉（看板は「LIVE」）という飲食店を経営していた。だが、本稿執筆中の令和四（二〇二二）年一月に急死された。ちなみに『エヴァンゲリヲン新劇場版：破』には「喫茶ライブ」が登場する。

岸田さんの〈かふぇれすと らいぶ〉には、卒業後も高校時代のアニメの自主制作グループ（SHADO）〔※1〕や星の仲間たちが、毎年正月に集まっていた。

高校時代に出した同人誌「ワープ」〔※2〕も岸田さんが保管していたもので、宇部高地学部会誌「UCC」と共に庵野監督に寄贈されている。山口県立美術館で展示されていたのが、それである。

宇部市中央町３丁目の岸田裕之さん経営の〈かふぇれすと らいぶ〉（死去前日に撮影・令和４年１月）

ちなみに「ワープ」の火付け役は永山竜叶だった。当時、宇宙戦艦ヤマトの記事がよく掲載された『月刊OUT』のような同人誌を目指して、メカの描写が得意な庵野監督を焚きつけてはじめたものという。

庵野監督が『式日』を撮ったときも、ロケ拠点の太陽家具（旧、太陽家具本社）で会議が行われ、休憩場として〈かふぇれすと らいぶ〉が利用されていた。

肉や魚が食べられない監督のために、マスターの岸田さんが肉類抜きのランチをざわざわ用意して、午後の撮影に挑んだという逸話まで残っている。

なお、シン・エヴァの映画公開一周年を記念するオンラインイベント（「シン・エヴァ一周年生特番」）で、「マリとシンジがどこに向かって行ったんでしょうか」と最後の場面についての質問に、庵野監督は、「先日残念ながら閉店した〈喫茶らいぶ〉です」と答えていた。

〔※1〕当時の庵野監督はペーパーアニメの自

主制作グループ「Seisaku Hatimiri Anime Douga Organization」（頭文字をとって「SHADO」）を結成して活動を始めていた。謎の円盤UFOに登場する地球防衛組織名と同じにしたという。

〔※2〕「宇宙戦艦ヤマトファンユニオンWARP」。図録『庵野秀明展』六一頁にVol6とVol7の表紙が掲載。

⑪ ナカムライダー

〔昭和五二年～同五三年〕一七～一八歳

庵野監督の八ミリ映画に主演として出演した中村彰正さんに当時の話を伺うことができた。中村さんは宇部高校から筑波大学に進学し、㈱デンソーに就職後、久万高原天体観測館の職員になり、定年退職をした直後だった。

「ナカムライダー」の主人公・中村彰正さん（久万高原天体観測館提供）

―「ナカムライダー」の主人公は中村さんとお聞きしましたが…。

「そう、ボクです」

―私は宇部高校に入った年に、あの映画を見ました。確か「生徒会長の中村君を主人公にした」とか、最初にそんな説明があったように覚えていますが…。

「正確にいえば、ボクが生徒会長に立候補するから庵野君に応援演説を頼むということになってですね。そしたら庵野君が代わりに映画を撮らせてくれと言ってきたんです。そういう引き換え条件だったんです。それで〈ナカムライダー〉に出たんですよ。あれは庵野が言い出したことです。庵野君のカメラでボクを撮っていたのは田村（達夫）君でしたね」

―私が体育館で見たのはいつごろだったのかなあ…。

「撮ったのはボクたちが二年生のときでした。一一月に小文化祭で上映して、翌年の五月ころ、文化祭でやったのを見られたのでしょう。初めは内輪だけで上映すると聞いていたのですが、大きくなっちゃった」

令和三（二〇二一）年一〇月から一二月半ばまで国立新美術館（東京・六本木）で開催された「庵野秀明展」の展示品を所収した図録『庵野秀明展』にも、「ナカムライダー」のカットや、それを撮影した八ミリ器材が掲載されている。

映画監督としての庵野秀明の原点が、宇部高時代にあったことを示す貴重な資料であろう。もっとも私自身は、当時はアニメ・オタクの風変わりな先輩がいるといった程度の認識ではあったが。

ちなみに「ナカムライダー」は平成二六（二〇一四）年一〇月に東京国際映画祭で公式に上映されている〔※1〕。

〔※1〕『キネマ旬報』（二〇一四年一〇月下旬号）の「第27回東京国際映画祭」の頁に TOHO シネマズ日本橋にて「庵野秀明の世界」が特別上映とある。

⑫ 星になった庵野監督

〔平成一一年〕 三九歳

庵野監督が漫画家・安野モヨコと結婚したのは、平成一四(二〇〇二)年であった。

一方で、宇部高時代の「ナカムライダー」こと中村彰正さんは、平成六(一九九四)年一一月三日に小惑星を発見した。

その星を「Hideakianno」(庵野秀明)と命名したのは、平成一一(一九九九)年二月二日である。

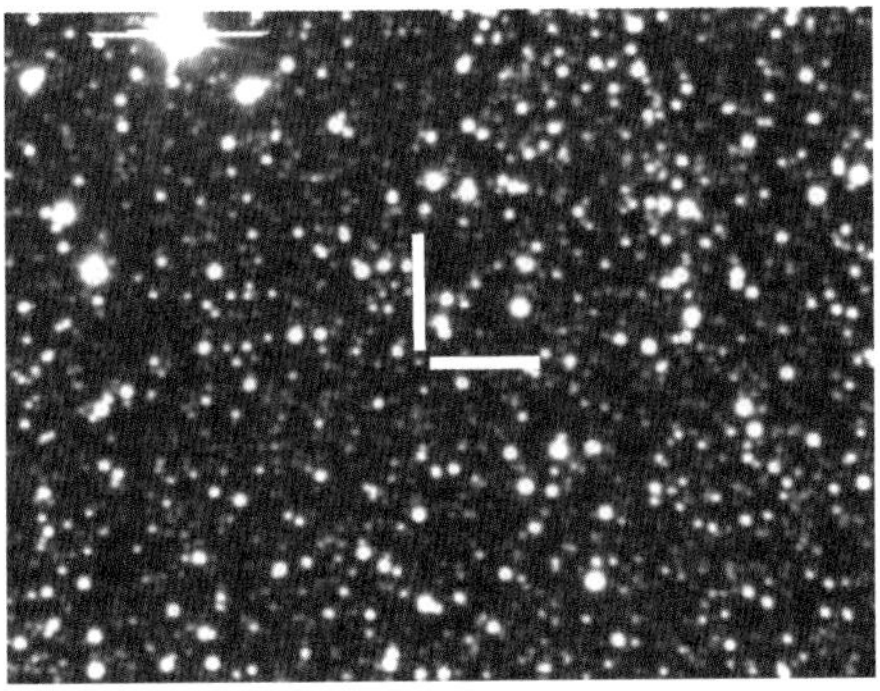

小惑星「Hideakianno」
(傍線の先:久万高原天体観測館提供)

発見から四年以上費やしたのは、精密な軌道が明確になった時点で命名する決まりがあるからだという。

同じく高校時代から庵野監督と親友で、同じく久万高原天体観測館に勤務するF氏が、平成一八(二〇〇六)年一〇月二五日の別の小惑星を発見した(本人の希望により、本稿ではF氏とする)。

こちらはF氏が、平成二四(二〇一二)年四月六日に、「Moyocoanno」(安野モヨコ)と命名している(株式会社カラーのホームページにも、二〇一二年四月一一日付で「小惑星・安野モヨコが誕生しました」と題してその記事が見える)。

両方の小惑星ともに、六〇センチ望遠鏡での発見だった。

ちなみに「Hideakianno」の命名の背景には、久万高原天体観測館の中で、「この小惑星は庵野にすると面白いね」との話が出ていたからであった。

そこで旧友の濱田亮さんの宇部での結婚式の披露宴(平成一〇(一九九八)年三月一五日)にF氏が参加した際に、同席していた庵野監督に、「中村が発見した小惑星に庵野の名前を付けてえーえ?」と聞いたところ、「あー、えーよ!」と答えが戻ってきたというのだ。

このときは仕事の関係で披露宴に参加できなかった中村さんだが、その後、自ら発見した小惑星に「Hideakianno」と命名した、というわけである。

⑬ 開公園墓地

〔昭和五一年~同五三年〕 一六~一八歳

宇部高校の地学天文部の活動の主体は星の観察であった。このため活動範囲は校内だけにとどまらなかった。

実際、庵野監督が一年生のときに、地学部長の岸田裕之さんが宇部高校近くの開公園墓地で、ペルセウス座流星群観測会を企画していた。

皆で墓地の地面に寝転がり、宇宙戦艦ヤマトTV版の音声を録音したカセッ

開公園墓地。遠方に UBE㈱の〈美術工業都市〉が眺望できる（令和４年１月）

トテープを夜明けまで再生しながら、ヤマトと流星を楽しんでいた。

⑭ 逆説としての宇部高校

〔昭和五一年〜同五三年〕一六〜一八歳

庵野監督にとって宇部高校とは何であったのか。自身は、「そこに入ってると、地元じゃエリートと言われる。そういうところなんですよ」と明かしている。あるいは入学の理由は、「親が小遣いを五〇〇〇円にすると」言ったとのことである（『庵野秀明パラノ・エヴァンゲリオン』『庵野秀明ロングインタビュー』）。

一方で、注視すべきは、高校生活が鵜ノ島小学校、藤山中学校とは決定的に違う環境だったことである。その実際を、平成一三（二〇〇一）年八月一日号の『不登校新聞』で語っていた。

「僕の小学校時代は世間でいう優等生。勉強もそこそこできて、子供だったけど偽善的でしたね。高校に入学したときに〈もう勉強はいいや〉と思った。（略）中学のころまでは勉強が何かの役にたつと思っていたけど、そのころには受験勉強とはテクニックなんだと感じていた」

これは同時代に宇部高校に在籍した生徒は、誰もが感じていたことである。「受験戦争」、「学歴社会」なる言葉が大手を振って歩いていた時代でもあった。

クラスは違っていたが宇部高校の同級生・紀藤正樹弁護士も『Attorney's MAGAZINE Online』で、「管理教育に窒息しそうでした。なぜ人間にはルールが必要なのか」と、当時を苦々しく回想している。

実は二年下の私も、東大、京大、九大などの旧帝大に何人合格したとかいう話ばかりで、そのための受験テクニックばかりを叩き込まれる毎日に辟易していた一人である。したがって、宇部高での生活は、かなり苦痛で退屈だった。

こうした郷土文化に抗したという意味では、庵野監督は逆説としての宇部

庵野監督の母校・宇部高校（令和４年２月）

高校の卒業生といってよいのだろう。

庵野監督は、皮肉っぽくつづける。

「日本の教育システムも、教科書も、現場の先生も、文部科学省も問題だらけだと思う。たとえば学校のテストでも減点式テストだからミスを侵さない人間が優遇される。僕のように壁にぶつからないと次のところへ行けない、次のものをつくれないという人間に合った教育が日本にはまだない。採点システムが一つしかないことも無理がある」(前同『不登校新聞』)

そんな悩み多き高校時代に、庵野監督の仲間たちは、麻雀をよくしていた。庵野監督自身も時々参加しており、当時、小羽山団地(県営住宅)で暮らしていた監督の棲み処でも徹夜マージャンが繰り広げられていたそうだ(F氏証言)。

この事実は、監督自身も、「当時は高校から帰ったら、即マージャンという感じでしたね。特に試験中は」(『庵野秀明パラノ・エヴァンゲリオン』「庵野秀明ロングインタビュー」)と語っている。

⑮ 宇部で撮られた『式日』

(平成一二年) 四〇歳

庵野監督は平成一二(二〇〇〇)年四月一日から五月一日の一ヶ月間、実写映画『式日』を宇部市で撮影した。

主演女優・藤谷文子の『逃避夢』を原作とする作品である。

現実から逃避する藤谷と、実際の映画監督でもある岩井俊二が「彼氏」兼「カントク」役で登場する。精神的に行き詰まった二人の交流を描きだす実写版は、後に東京国際映画祭で優秀芸術貢献賞を受賞している。

撮影時のことは、同年一一月にスタジオカジノから出版された『逃避夢』で、「脚本・監督　庵野秀明」が『言葉』と題して自ら綴っていた。

そこでは、「単純で複雑で繊細な今の藤谷を「フィルムに定着してみたかった」と撮影の動機を語っていた。だが実際は、「原作を解体し、核となる部分を取り出し、再構築する」作品となったという。


宇部をロケ地に選んだ理由についても、「昨年、友人がまた一人死んだ」からと明かしていた。

その友人は、「ようやく身を固め、子供が生まれた矢先」ながら死期が迫り、「今生の別れをした」矢先だったらしい。そして別れ際に、「がんばれ」と最後の言葉を投げてくれたので、庵野監督も「がんばる」と声を返し、約束を果たすために、「故郷で、山口県宇部市で撮影したかった」という経緯があった。

この亡くなった「友人」こそが、濱田亮であったのだ。子供が生まれたばかりのとき、病気になり、他界したのである。

高校時代のナカムライダーの製作協力者であり、中村彰正さんが発見した小惑星に「Hideakianno」(庵野秀明)と命名するきっかけをつくった大親友でもある。

こうした背景から製作された『式日』も、迫力ある宇部興産の工場群の映像から幕を開け、「1日目　30日前」の字幕にあわせた一ヶ月間のロケが続けられていた。

面白いのは、「1日目」のスタートから、庵野監督好みの踏切の信号音からはじまることである。

どうやら居能駅界隈のようだ。線路に座る藤谷と起立する岩井が対面するシュールな構図が浮かび上がる。

アーケードも「かねなか」も無くなった三炭町(令和4年2月)

つづいて、二人は三炭町を歩く。まだアーケードのあった時代の懐かしい商店街の風景だ。

コカ・コーラの自動販売機が店の前に置かれた「かねなか」から岩井が飛び出す姿に、思わず釘付けになる。

私も子供の頃、三炭町の入口にあった散髪屋「四車」に行った帰りに、よくクジを引いていた斜向かいの駄菓子屋だ。

しかし撮影から二〇年以上を経た今、アーケードも取っ払われ、「かねなか」も、さらには隣に映り込んでいた「OK美容室」もなくなっている。いまは、そこに地面がむき出しの駐車場があるだけだ。

『式日』は、郷土の記録映画になった。

⑯ エヴァに投影された『式日』

〔平成一二~同一九年〕 四〇~四七歳

『式日』には、今はなき太陽家具(旧太陽家具本社)はもとより、美術品にも似た艶めかしい金属パイプを巡らせた宇部興産の工業群が繰り返し映り込む。

いかにも庵野監督好みの「機能美」を備えた宇部線のレールなども登場する。

鉄道レールの魅力については、「お互いに触れることはないけど、ずっと一緒にいられるこの距離というものが、レールにはあっていいな」(『エヴァンゲリオンと鉄道:補完計画』)と自身で語っていた。

あるいは当時まだ走っていたクモハ42や、興産大橋も画面を飾る。

それればかりではない。今は無くなったJR宇部港駅のレールも映し出され、改めて見ると、もはや郷土史映画なのだ。

当時はローカルすぎる『式日』に思えたが、興行収入一〇〇億円を突破したシン・エヴァを見たあとで改めて鑑賞すると、二〇年前のモチーフが、そのままシン・エヴァに投影されていたことがわかる。

逆に言えば、シン・エヴァの随所には、『式日』が埋め込まれているのだ。

例えばJR宇部線のレール、太陽家具の屋上から、しつこいほど繰り返し映し出される宇部興産の工場群。そして唐突に現れる昭和っぽい電車など、すべてがそうであった。『式日』のパーツで、シン・エヴァに入ってないのは、鵜ノ島公園くらいであろうか。いずれもシン・エヴァの重要な要素となっている。

さて、『式日』で印象的だったのは、藤谷文子が太陽家具の屋上で自己確認する場面で口にした、「空がきれい、星がきれい、月がきれい、光がきれい、私が存在しなければみんなきれい、私いない方がいいのかな」という自己肯定感のないセリフである。

ビルから飛び降りるか否かの不穏な儀式のリフレインだが、これはエヴァシリーズでの自己肯定感のない碇シンジの心情とも深く重なる。

『式日』の撮影から七年後に公開された『エヴァンゲリヲン新劇場版：序』で、ネルフの最高司令官・碇ゲンドウからシンジが初号機に乗るように指示された際、「やっぱりボクはいらない人間なんだ」とシンジはつぶやいている。だが、その後、満身創痍の綾波レイが身代わりを務めなければならぬ状況を直視し、「逃げちゃだめだ」を連発するのだ。

これ以後、シンジは自分を奮い立たせ、エヴァに乗って正体不明の敵「使徒」と戦うことになるのである。

にもかかわらず世界とつながれない何かが欠落した状況が、最終編のシン・エヴァまで続くのだった。

この喪失感の源流こそが、宇部時代の庵野監督の生活そのものにあったのだろう。その意味で、現実社会との距離と疎外感が、『式日』から『エヴァンゲリヲン新劇場版』の「序」「破」「Q」、そしてシン・エヴァに到るまで映像の底流を流れているといえそうだ。

ところが集大成のシン・エヴァでは、これまでとはガラリと変わる。藤谷的な自己肯定感の欠如が最終場面で一気に清算されているからだ。

エンディングで、マリ（真希波・マリ・イラストリアス）がシンジを導くように新川駅の階段を駆けのぼり、新川駅の上空から宇部興産の工場群が上空から映し

シン・エヴァのエンディングに登場する宇部新川駅と駅の階段（令和３年12月）

出されて幕を閉じるのが、そのクライマックスである。

そうなると『エヴァンゲリヲン新劇場版：破』から登場するマリとはいったい何者か、ということになる。

それまで希薄だったマリとシンジの関係性が、シン・エヴァの最終場面でいきなり濃厚となり、宇部の風景で物語が幕を閉じたのも、いささか気になる。

シン・エヴァの最後を彷彿させる宇部興産工場群の全景
（UBE〔株〕提供）

ファンの間では、マリは庵野監督の妻で漫画家の安野モヨコがモデルのキャラクターではないかと噂されてきた。

だが、藤田直哉（日本映画大学准教授）は安野モヨコの実家が「機能不全家族」で「虐待されていた」過去から、「マリというよりは、アスカなど旧作からの登場人物に近い」と安野モヨコ説にクギを刺す（『シン・エヴァンゲリオン論』）。

おそらくマリは安野モヨコではないのだろう。ただ一つ言えるのは、宇部興産の工場群から幕開けする『式日』から、新川駅上空から眺望する宇部興産の工場群で幕を閉じるシン・エヴァまでが、ひとつながりの世界であったことなのである。

⑰ 北小羽山の旧宅 〔昭和五八年〜〕二三歳〜

平成一一（一九九九）年一〇月二四日

シン・エヴァに登場する小羽山県営住宅（令和４年９月）

に放送されたＮＨＫの「課外授業 ようこそ先輩」で登場した北小羽山三丁目の庵野監督の旧宅は、父の卓哉さんが建てた家である。

同級生の話では、この家に移る前は、近くの小羽山県営住宅にいたようだ。

そういえば、小羽山県営住宅も、シン・エヴァに登場する。

ゼンリン住宅地図で確認すると、昭和五七（一九八二）年一一月の「小羽山地区」の地図に旧宅はないが、翌昭和五八（一九八三）年九月刊の図面には「庵野卓哉」の名が確認できる。庵野監督が学費未納で大阪芸術大学を放校処分となった年に、この家は建てられたのだろう。

北小羽山の旧宅には、長い間、ご両親（卓哉さんと文子さん）が住んでいたが、二人とも死去したことで、現在は空き家になっている。ちなみに国立新美術館で開催された「庵野秀明展」（令和三年一〇月～一二月）で展示された古い足踏みミシン（山口県立美術館でも展示）も、この旧宅に残されていたものだった。

こうした記念碑的な北小羽山の旧宅なので、庵野監督を記念するのに好都合と思い、宇部市が市制施行一〇〇周年で「まちじゅうエヴァンゲリオン」事業を手がけた際に、市が買い取って庵野秀明記念館にしたらどうかと提案をしたことがある（提案は令和三年一二月。これには庵野監督の同級生・Ｆ氏も賛成してくれていた）。

余談ながら仮面ライダーの大ファンだった庵野監督は、久万高原町出身の藤岡弘さん（仮面ライダー役）の家を道路拡張で取り壊すことになったとき、〈なんでそんな貴重なものを壊すんだ〉と怒ったことがあったそうだ。

庵野監督を知る旧友の中には、「きっと自分の家を残すことに、庵野君も賛成すると思います」と語る同級生もいる。

⑱ 厚東から小野湖の風景

シン・エヴァの前半部に、農村風景の「第3村」が登場する。それは『エヴァンゲリヲン新劇場版』の「序」「破」「Q」とは異質な牧歌的な映像だった。特にレイの田植えは印象的だ。モデルとなった場所は、静岡県浜松市の転車台のある天竜二俣駅から少し離れた久留女木の棚田風景といわれている。

しかし第3新東京市第壱中学校の同

寺世持橋から下岡踏切を眺めた風景もシン・エヴァに登場する
（令和４年９月）

左・シン・エヴァに登場する小野湖畔の櫟原八幡宮。右・同じく小野湖(令和4年9月)

級生だった相田ケンスケが成長し、赤い小型ジープ(スズキ「ジムニー」)の助手席にシンジを乗せ、村の環境チェックに向かう場面は、宇部市厚東の寺世持橋から下岡踏切を眺めた風景なのだ。

途中で立ち寄った森の中の神社は、小野湖畔の櫟原(いちいばら)八幡宮がモデルになっている。

彼らは木漏れ日の中を歩き、清らかな水の流れるせせらぎに遭遇する。このときケンスケが、「第3村の生活基盤は、ここの水に頼っている」と語ると、青い水面の湖が現れるが、登場するのは小野湖であった。そして、「まさに命の水だからな」というセリフが続くのである。以下、ケンスケは水源のチェックに向かい、シンジは食材の調達を任され、釣りをするという流れなのだ。

シン・エヴァに登場する小野地区は、初代萩藩主・毛利秀就の生誕伝承など、歴史の謎が多く残されている地である。

散策に疲れたら大内家臣だった津室家が開基した宿坊・養福寺に泊まり、小野茶の接待を受けるのもよかろう。すがすがしい小野湖の水の景色も、これまでのエヴァシリーズとは別物だ。

—小野茶の茶畑「藤河内茶園」—

小野には山口県のお茶の九〇%を生産する「藤河内茶園」がある。丘陵全体に広がる約六五㏊の茶畑は一ヶ所での茶畑面積としては西日本最大級。冬に小野湖から湧き上がる霧が、ほどよい渋みと苦味の調和した小野茶を育てる。

藤河内茶園(令和4年10月)

⑲ 父の故郷「津和野町」

自然美あふれる厚東から小野湖にかけての景色も、庵野監督にとっては、何かのオマージュなのだろう。その原像は、やはり父の生誕地の津和野ではあるまいか。そう感じたのは、津和野にはつつじ祭りで有名な麓耕（ろくごう）に美しい棚田があり、シン・エヴァに登場する自然美と重なる雰囲気があるからだ。

すでに見たように、父の卓哉さんは津和野の製材所で足を怪我し、戦後すぐに宇部に出て仕立ての仕事をはじめていた。津和野は、庵野監督にとっても作品の原風景のひとつだろう。

現地を訪ねて、津和野には「庵野」姓の家が数軒しかないことを知った。聞き取り調査をして、「庵野」家の総本家が残っていることがわかった。津和野町からＪＲ山口線に沿って北の日原町に向かう途中、瀧元という山間地にある庵野壽一さん（昭和一三年生まれ）のお宅だ。

私が訪ねたのは、令和四（二〇二二）年一月半ばであった。

道路と山口線に挟まれた広場に建つ古い建屋で、周囲にも「庵野」姓の家がいくつかあった。それらはいずれも分家という。

上・庵野壽一さん
下・庵野家総本家
（いずれも令和４年１月）

玄関口で簡単な挨拶を終えると、庵野壽一さんに質問を投げてみた。

—庵野秀明というエヴァンゲリオンで有名な監督がいますが、ご存知ですか。

「秀明さんも、最近はずいぶんと有名になったねえ。私は秀明さんとは会ったことはないが、お父さんのタクちゃんは良く知っていますよ」

—卓哉さんは、どこで生まれられたのですか。

「森村です」

そこは津和野町役場がある一番の町中である。すなわち観光客が最も訪れる場所だった。

—その家は残っているのですか。

「残っていますよ」

壽一さんは玄関口の黒ずんだ太い大きな柱を指さすと、「この家も古いです。うちは百姓家ですが、三〇〇年前に建てられたもんです。享保八（一七二三）年に焼けたので建て直した家をリフォームしながら、今まで住んできました」

母親から聞いた話を挟みながら、「寒いから、お茶でもどうですか」と奥の居間に招き入れてくれた。

壽一さんの話はつづく。

「タクちゃんの父親が庄市さんというて、瀧元のこの家で生まれております」

―庵野監督のお祖父さんですね。

「そうなるねえ。庄市さんは明治三一（一八九八）年くらいの生まれじゃないですか。母から、そう聞いたことがあります。私の父は丈助（明治三七年生まれ）といいましてね。庄市さんを〈あにい〉と呼びよりました。庄市さんは鉄道の仕事をしておられたようです」

―国鉄の職員か何かで…。

「いや、そんなんじゃない。山口線が津和野まで伸びて開通したのが大正一二（一九二三）年でした。その鉄道のレールを敷く工事を手伝ったり、その後は枕木の保全とか、そういう仕事ですよ」

庵野監督の父の故郷（森村八・令和４年１月）

　壽一さんの家のすぐ横を通る山口線のレールの管理をしていたようだ。

　そのとき思い出したのが、庵野監督が子供時代を過ごした西中町の「明光荘」のすぐ傍の宇部線であった。

―庵野監督の鉄道好きは有名ですが、お祖父さんの時代からの遺伝子があったのかもしれませんね。

「それはよくわかりませんが、庄市さんは、それから森村に出て家を建てたんですよ。さっき言ったように、タクちゃんが生まれたのは、その家です。タクちゃんはボクより少し上でしたから、昭和五、六年の生まれでしょう。森村の家にはタクちゃんの兄の守男というのが住んでいましたが、それも亡くなり、今は息子が住んでいるはずです。

⑳ 水と墓の風景

　すでに見たように、シン・エヴァの「第3村」の場面では、厚東の寺世持橋からの風景や小野湖、櫟原（いちいばら）八幡宮が水の風景として登場していた。

　これまでの作品とは異なる、清らかな水の景色を多用したことを不思議に思っていたが、庵野壽一さんに庵野家の墓を見せてもらいに行って、その答えが見えた気がした。

　家の前の道路を横切り、墓地のある向かいの山への上り口に、大木が鎮座し、根元に湧き水の小さな水たまりがあったのだ。その水の出口に、小さな祠が置かれていた。

　それを眺めながら、壽一さんが、「ここの水は、この集落が守ってきたのです」

左・庵野家の墓の下の水の神様を祀る水たまり
右・300年続く庵野家の墓石群の前に立つ庵野壽一さん(共に令和4年1月)

と教えてくれた。「昔から湧き出すこの水は、とても大切な水です」というのだ。

さらには瀧元の地名の由来が、この地に瀧があったからとも付け加えた。

それがまさにシン・エヴァの水の場面と重なる言葉に感じられたのである。

さらに面白いのは、水の神様を祀る水たまりのすぐ上に、三〇〇年続くという庵野家の墓石群が並んでいたことであった。

「庵野という名前ですか…。うーん、明治になって付いたものですが、なんでウチが庵野なんて名前になったんでしょうかねえ。昔、坊さんでも泊っていたのでしょうか。うちはここで昔から百姓をしていただけですから…」

壽一さんが墓石群の前で、私の質問に困惑しながらひとりごちていた。

《コラム》 父の事故現場

庵野壽一さんから聞いた、もう一つの興味深い話も紹介しておこう。

―監督の父親である卓哉さんが若いころに足を怪我された場所は、津和野の街中だったのでしょうか。

「いいえ、旧日原町の製材所です。丸ノコを使っておったんでしょう。足に大けがをして、仕事が出来なくなったので、宇部に出て洋服の仕立屋になったのです」

―今の津和野町日原ですね。それは、いつ頃の話でしょうか。

「戦後すぐですよ〔※1〕」

―その製材所は、今もあるのですか。

「もうないです」

壽一さんは居間にあったゼンリンの地図を開くと、JR山口線の日原駅の踏切のあたりを指で押さえてつづけた。

「この辺りにありましたかねえ」

―踏切のすぐ近くですね。

「昔の日原は製材所が多くあった場所です」

その地も訪ねてみたのだが、印象的だったのは、卓哉さんの運命を変えた事故現場も、鉄道のある風景だったことである。

JR山口線の鉄道敷設時から鉄道に関わった祖父の庄市、鉄道の近くで足を怪我した父の卓哉、さらにはJR宇部線近くで子供時代を過ごし、鉄道好きのアニメ映画作家となった庵野監督…。

三代にまたがるキーワードは、日本を近代化に導いた鉄道だったようである。

卓哉さんは、この辺りの製材所で足を怪我したという（令和４年１月）

〔※１〕庵野監督自身は父親の足の事故について、「戦時中の事故」と語っている。「事故で片足をなくして。一六の時ですね。ちょうどこれからっていう時にです」と語っている（『庵野秀明スキゾ・エヴァンゲリオン』『庵野秀明ロングインタビュー』）。

㊟　本校執筆に際して、シン・エヴァに登場する宇部界隈の風景の特定は、庵野監督の宇部高時代の先輩になる宮崎慶一郎さんがWeb「note」に発表していた「シン・エヴァンゲリオン劇場版：||聖地巡礼山口県版」を参照した。宮崎さんは、令和四（二〇二二）年一月に急逝された岸田裕之さんの同級生で、庵野監督とは同じ地学部に所属し、長年の交流がある人物。

付録①　宇多田ヒカル

(1)　エンディング曲

映画版『エヴァンゲリヲン新劇場版：序』のエンディング曲は宇多田ヒカルの「Beautiful World」である。つづく、『同：破』のエンディング曲がアコースティックバージョンの「Beautiful World」。そして、『同：Q』が「桜流し」だ。

面白いのは、最後のシン・エヴァが「One last kiss」であり、「序」「破」と同じ「Beautiful World」の二曲がエンディング曲に使われていたことである。

エヴァを見てない人でもエンディング

曲だけは知っているだろう。いずれも宇多田ヒカルのヒット曲だからだ。

　宇多田が曲を手がけた背景を、令和三(二〇二一)年六月二九日のインスタライブ番組「ヒカルパイセンに聞け！」に出演した庵野監督が明かしていた。

　すなわち宇多田がデビューしたとき、「すごい人が出ていた」と心を揺さぶられたそうだ。そこでテレビ版エヴァのDVDに宇多田の歌を入れようとレコード会社と交渉したが断られたという。

　そこで再び、新劇場版エヴァの「序」を作る際、改めて宇多田サイドに働きかけてOKが出たそうだ。「本当によかったです」と庵野監督は嬉しそうに語った。

　ところで、「序」の公開直後の平成一八(二〇〇六)年六月五日号の『週刊プレイボーイ』に、「奇跡の価値は　宇多田ヒカル　meet　エヴァンゲリオン」と題する宇多田のインタビュー記事が載っている。そこに興味深い発言が見える。

「エヴァに乗ることって生きることだと思う。細かく言っちゃえば、仕事をすることだったりね。こんなに辛いのに何で私は仕事をしているんだろうとか、結果的には自分で選んだことなのに」

　当時の夫・紀里谷和明氏からエヴァについて「知らないの？」と呆れられ、それで「3日ぐらいで見終え」た宇多田は、エヴァの世界観に強く惹かれたようだ。

　おそらく庵野監督のオファーと同じタイミングだったのではあるまいか。

　話を「ヒカルパイセンに聞け！」に戻すと、シン・エヴァのエンディング曲が「One last kiss」と「Beautiful World」の二曲になった理由は、完結編のためスタッフ数が膨らみ、最後のスタッフロールの流れる時間が長くなったかららしい。「序」と「破」で使った「Beautiful World」の再使用をリクエストしたところ、宇多田側が改めて曲をとり直して提供したのだという。

　一方で、宇多田のエヴァ観も面白い。「何か欠けてしまった」ときの「喪失」に、人間が「どう向き合うのかっていう、そういうテーマがあったから、私もすごく惹かれた作品だった」と語っていたのだ。

　これに対して庵野監督が、エヴァは「喪失を受け入れる」話だと答えていた。「喪失」への共感が、二つの才能をつないでいたことになろうか。

⑵　宇多田家のルーツ

　宇多田ヒカルは、自分の曲と「共通点を感じたことはありますか」と、庵野監督に質問を投げていた。

　しかし「近い感覚はある気がしましたけどね」と答えただけで、庵野監督は明確な答えは出さなかった。

　この後、前掲の「喪失」のテーマに移ったが、私には二人が意識してない「共通点」が見えていた。庵野監督が宇部市生れで、宇多田の祖父が徳地(現、山口市徳地)出身という長州つながりである。

　そこで宇多田家のルーツである佐波川上流の徳地の藤木を訪ねてみたのだ。

　江戸時代に記された『防長風土注進案』(第十一巻　徳地宰判)に「島地村の全枝村」とあるように、藤木は大庄屋の宇多田家のあった島地より、更に山手に入った場所であった。

　そんな過疎地に宇多田家の伝承が残っていた。藤木の「小河内」なる集落に「河内大明神」の祠があり、「宇多田對馬守」が収めていた時代に「社領」だったことで「寄附」されたものらしい。この神社

藤木の宇多田屋敷跡(正面遠方の平地・令和４年２月)

に「藤の大木」があり、「宇多田氏の開作地」ゆえに「藤木村」になったというのだ(前掲『防長風土注進案』)。

　地名由来の「河内大明神」を祀る「河内さま」は現在も残っている。一方で「宇多田」の名は小河内には確認できない。

　だが、二キロメートルほど北の「森山」集落に、宇多田ヒカルの祖先の地が残っていた。近くにやはり「河内さま」の祠が鎮座していた。島地界隈には「河内さま」が至るところにあるという(地元民談)。

　私が訪ねたのは「森山」で木工細工をしている重田秀徳さんお宅だった。

　父の重田尚徳さん(昭和一二年生まれ)が語るところでは、屋敷の裏に「河内さま」の祠があり、表の道路の向こうが、宇多田家の屋敷跡ということであった。

　尚徳さんはつづけた。

「宇多田ヒカルのお父さんが照實さん、お祖父さんが二夫さん、曽祖父が次郎一といって、この人は朝鮮だか台湾だか忘れましたが、植民地で警察官をしておられました。戦後は藤木に戻られ、百姓をされました。奥さんのササヨさんは藤木分校で小学校の先生をされていました。戦後しばらくの間、宇多田家は残っていたように思います」

　なるほど、昭和一五(一九四〇)年度の『山口縣学事関係職員録』(山口県立図書館蔵)で確認すると、島地尋常小学校の藤木分教場の「准訓心」として宇多田ササヨの名が確認できる。肩書の「准訓心」とは准訓導心得の略であった。

　宇多田ヒカルの祖父・宇多田二夫は大正八(一九一九)年にこの地で生まれ、東京外国語学校を卒業と同時に軍隊に入隊していたようである。そして復員後に就職したのが、映画会社の「松竹」であったのだ(※1)。こうして松竹歌劇団所属の〝はま〟と結婚した。二夫の松竹のアメリカ出張所への転勤が、宇多田家と米国との関係のはじまりだったといえよう。

　昭和二八(一九五三)年に松竹がロサンゼルスに開設したアメリカ出張所の所

長として二夫が在籍したのは昭和三一（一九五六）年二月から同三三（一九五八）年一一月までである（※2）。同年一〇月に帰国する予定だったが、そのまま現地にとどまり、ニューヨークで日系の通信社を起業したのだ（昭和三四（一九五九）年刊『映画年鑑』）。

　こうして主を失った藤木の宇多田屋敷は解体されたわけである。そんな宇多田屋敷跡から五〇〇メートルばかり島地寄りの路肩高台の墓地に「宇多田二夫建之」と刻まれた墓が建っていた。

　二夫が「昭和四二年十二月」に建てたもので、さほど古いものではない。

　果たして江戸時代の古い墓は、別の場所に残っているのだろうか。だが、誰に聞いてもわからなかった。

　ちなみに前出の墓に、母の藤圭子と宇多田ヒカルが参りに来たことがあったと現地で仄聞した。

宇多田二夫が建てた「宇多田家之墓」（令和４年２月）

〔※1〕宇多田二夫が翻訳した『〈国際麻薬捜査官〉ヴィッツィーニ』（早川書房）の〈訳者略歴〉より。

〔※2〕昭和三四年二月二二日付の『夕刊読売新聞』（「日本映画の海外拠点」）で宇多田二夫のインタビュー記事中に見える履歴。

(3) 菩提寺「観念寺」

島地にある浄土宗寺院の観念寺が宇多田家の菩提寺である。『復刻 山口縣寺院沿革史』によれば、かつては観宗寺と号し（※1）、明暦二（一六五六）年一二月に創建されていた。

　瀧川宏司住職（第二八世）に尋ねると、宇多田照實家（宇多田ヒカルの父）の位牌堂もあるので、見せてあげるという。

　位牌堂は「下津屋　石曾根　大町　藤木」と地区ごとに区分され、宇多田家の位牌室は古いものと新しいものとの二種類があった。古い方にはかなり立派な位牌が並んでいる。

　わかったのは、宇多田屋敷の場所（本

左・観念寺に保管される宇多田家の古い位牌。左端の位牌には家紋が刻まれている
右・観念寺の山門(令和４年２月)

籍地)が「徳地町藤木319番地」であったことだ。また、宇多田丑吉(大正四年九月没)、宇多田増太郎(昭和三年一一月没)、宇多田次郎一(明治一八年一月生まれ、昭和三〇年四月没)の家系の流れが判明した(その後は宇多田二夫、宇多田照實、宇多田ヒカルへとつづく)。

あるいは江戸時代の宇多田家の三名を一つにまとめた金箔の塗られた三種類の位牌も興味深かった。

まず、「林誉貞壽大姉」(文化一四(一八一七)年八月一二日没)、「寂誉妙正大姉」(天明三(一七八三)年八月一〇日没)、「通誉林達居士」(寛政九(一七九七)年六月一九日)の三人分を一つにした位牌だ。上部に梵字が刻まれている豪華な姿だ。

もう一つは、その位牌を造ったであろう宇多田武右衛門の名が、三人の没年の下に加えられた位牌である。正面上部に八幡宮の神紋と同じ巴が○に囲まれた家紋のように刻まれていた。

藩政期のものなら、手の込んだ形式や「居士」や「大姉」などの位号から上層階級に属していたことが推察できた。

島地の大庄屋の宇多田家や、『防長風土注進案』の藤木の地名由来に関わる「宇多田對馬守」との関係も気になるところではある。

そういえば宇多田ヒカルが二〇〇七(平成一九)年八月一二日のブログで以下の興味深い文章を綴っていた。

「うちの父が言うには、彼が子供の頃、祖母に長～い巻物みたいな家系図広げられて、あんたはこんだけ由緒ある立派な家の跡継ぎなんだからしっかりせいよ!みたいなことを言われてたとのこと」

〔※1〕『防長風土注進案』(徳地宰判 島地山畑村)には「浄土宗教壽山歓宗寺」とある。往古は島地市土居にあったが市中火災で焼失し、教山和尚により、今の場所に慶安四(一六五一)年に諸堂が建立されたという具合に、一部寺史の表記が異なる。

付録②「貴」とPSYCHO-PASS（サイコパス）

(1) PSYCHO-PASS

アニメと郷土の関係は、エヴァンゲリオンに限るものではない。

平成二四（二〇一二）年からフジテレビ「ノイタミナ」系列で深夜に放送されSFアニメ「PSYCHO-PASS　サイコパス」（以下、サイコパスと略す）では、二俣瀬の永山本家酒造場の「貴」が登場する。

サイコパスは、平成二六（二〇一四）年に第二期、令和元（二〇一九）年に第三期が放映され、「貴」は第三期に登場するのである。

PSYCHO-PASS3 期に登場する「貴」
（©サイコパス製作委員会）

監督は山口県田布施町出身の塩谷直義さん（昭和五二年生まれ）だ。

東京に住む塩谷さんは、一〇年近く前に家の近くの居酒屋で「貴」を飲んだことで日本酒に目覚め、全国の地酒を堪能するようになったという〔※1〕。

作品に「貴」が登場したのも、そんな望郷の延長線上であったようだ。

(2) 二俣瀬の酒の歴史

永山本家酒造場は、永山橘太郎により明治二二（一八八九）年に、二俣瀬村（現、宇部市二俣瀬）で創業された造り酒屋である〔※2〕。

『郷土二俣瀬』によれば、二俣瀬の酒造は明治中期から盛んになったらしい。厚東川の中ほどの「中嶋」で、流れが「二筋」に分かれていたことで二俣瀬の地名になったが（『防長風土注進案　一五　舟木宰判』）、両岸には酒造米を精米する大きな水車が回っていた。二俣瀬は米と水が良いのだ。

このため明治末から大正初期には「山口県の灘」の異名を誇るほどの酒造場密集地域になっていた。

現在の永山本家酒造場のほかに、綿部、林、原野、藤本の五軒の酒造家があったが、大正二、三年ころの不景気で次々と倒産したらしい。結局、永山だけが生き残った形なのである。

(3) 登録有形文化財

永山本家酒造場は、かつては二俣瀬村と呼ばれていた場所にある。

上・永山本家酒造場の「貴」と二俣瀬橋(令和４年９月)
下・文化財になっている永山本家酒造場事務所(令和４年2月)

そこは明治二二(一八八九)年の町村制施行により、木田、山中、車地、瓜生野、善和の五ヶ村が合併して誕生した村であった。

実は、永山本家酒造場の事務所の建物は、旧二俣瀬村役場庁舎だった。

昭和三(一九二八)年に完成した木造二階建ての瓦葺で、戦後、宇部市と合併後は二俣瀬支所となり、昭和四〇(一九六五)年に永山氏が買い取り、事務所として使用している。

現在は、山口県の登録有形文化財になっているのが、その建物なのである(平成二九年五月指定)〔※3〕。

〔※1〕NEWS PICKS「〈PSYCHO-PASS〉に、〝現代の日本酒〟を登場させた塩谷監督の予言」(二〇二一年二月九日公開)より。

〔※2〕永山本家酒造場HP「永山本家酒造場の歴史1」。

〔※3〕『山口県の近代化遺産』二五四頁。

特別編　インタビュー

馬場良治と集估館《しゅうこかん》

聞き手◎堀雅昭

《日本画家・国選定保存技術保持者》

昭和二四（一九四九）年・山口県宇部市生まれ。

厚東小学校、厚東中学校、宇部鴻城高校を卒業。その後、京都の尼寺で四年間修業。東京芸術大学に入学したのは二六歳になる昭和五〇年。昭和五五年、東京芸大日本画科卒業。同五八年、同大大学院修了。昭和六〇年から重要文化財や国宝の彩色調査、復元などに取り組む。平成一八年、馬場良治文化財修復技術研究所（集古館）設立。平成二九年、紺綬褒章を授章。平成三〇年、中国文化賞受賞。令和元年、文化庁長官表彰。

背景：集估館に展示されている馬場画伯の「月の光」〔部分〕

馬場良治

集估館

文化財復元の第一人者で、日本画家でもある馬場良治画伯の作品は、宇部市際波の「集估館」（宇部商業高校の西隣）に展示されている。そこで共同管理者である岸野昭二さん（㈱アルモウルド会長）に、まずはお話を伺ってみた。

―この建物はずいぶん立派ですが…。

【岸野】 太陽家具創業者の川崎敦将さんの弟さん（川崎武一氏）の豪邸です。人手に渡った後も、しばらく空いていたので、馬場先生と一緒に作品の展示場として運営することにしました。

岸野昭二さん（令和４年９月）

岸野さんは一〇年ほど前、棚井の馬場画伯の自宅兼アトリエ「地神舎」で展示されていた山口市の五重塔の墨絵を手に入れたときから、馬場画伯とのお付き合いがはじまったと語る。

昭和一五（一九四〇）年に沖ノ旦で生まれた岸野さんは、藤山小学校、同中学校を卒業して新光産業で働き、二七歳の昭和四二（一九六七）年で独立した。

「やっぱりある程度、自由に使えるお金ができると、美術品でも買いたくなって」

照れ臭そうに語る言葉には、地元芸術家への支援がしたいという強い思いがにじみ出ていた。

地神舎

岸野さんと一緒に、棚井の馬場画伯のご自宅にお邪魔した。

ちょうど、自宅横の田んぼを眺めておられたときであった。岸野さんが取材の目的を説明すると、ゆっくり歩き出し、やがて木目板に青字で「地神舎」と刻まれた札のある和風の家屋に着いた。

―ここが先生のご自宅ですか。

【馬場】 はい。「地神舎」は昔、裏が地神山と呼ばれていましたから、そういう名前にしました。太夫（たゆう）とは神官のことです。ここは「福太夫」という地名で（※１）、厚東氏時代に神社があった場所のようなのです。

―先生のお生まれは、厚東川の向こうの末信でしたね。

【馬場】 築二〇〇年くらいの江戸時代の家が残っていましたが、近くの人が壊してカフェ（霜降山カフェ）を始めた

馬場良治画伯（令和４年９月）

ので〔※2〕、建物はなくなりました。

　馬場家は、祖父の代に没落。旧宅も近所の山田さんの手に渡っていた。このため馬場画伯の父は、末信橋のすぐ傍の土手に小さな家を建て過ごした。昭和二四（一九四九）年に画伯が生まれた場所も、その家だった。父は農業の傍ら宇部興産（現、UBE㈱）の窒素工場で働き、母は食堂にアルバイトに出ていたという〔※3〕。

馬場家旧宅（現在の霜降山カフェの場所
（平成27年7月・山田まどかさん提供）

京都での生活

—小学校は厚東小で、それから厚東中、宇部鴻城高校ですよね。それからは。

【馬場】（菩提寺の）浄名寺の住職が、京都の知恩院（本山）の輪番をされていたので、相談して京都に行くことにしたんです。知り合いが京都国立博物館の横あった東山閣というホテルの支配人をされていて、住む場所がないと言ったら、紹介してくれたのが東山の上の東山山荘でした。でも、そんなところで寝起きするのは居心地が悪くてね。山を下りたら知恩院なんです。そこの尼さんに引き取ってもらったら、勉強どころではなく、掃除をしたり、屋根に上がったりで、結局、四年間おりました。ただ、尼さんに言われて、ありとあらゆるジャンルの本を読みました。それが今の文化財の（復元の）仕事に役立ちました。

平山郁夫の門下となる

—東京芸術大学に入られたのが、そのタイミングだったのですね。平山郁夫先生からのご指導は、そのときからですか。

【馬場】学部では吉田教授にお世話になって、そのとき古典を勉強しろといわれて大学院はそっちに行きました。ところが、事件が起きて自宅待機になりましてね。秋口に平山先生から電話があって、「学校へ出てきなさい、ボクが面倒を見るから」ということで、修士は三年間いたことになります。

—それから絵の勉強でしょうか。

【馬場】ボクはね、今、工場で細工をしてるんですけど、木工の方が好きなんです。（室内を両手でグルリと回しながら）これも全部ボクが設計しました。

—地神舎も、先生の作品でしたか。

【馬場】建物は平成五（一九九三）年くらいに造りました。そして平成一七（二〇〇五）、八年くらいにリフォームしました。偶然だけど、文化庁の方でお世話になっているのは建造物なんです。小串通のメガネ屋さん（グラスアイテム〔※4〕）の建物も、ボクの設計です。

―絵は何のためにお描きになっているんですか。

【馬場】平山先生が、「一つのことを三〇年やりなさい」って、「それを全部併合すれば回答が出る」と言われて。

―集估館で見た白黒の墨絵がきれいだと思いましたが、あの作風は、若いころからずっとなのでしょうか。

馬場画伯が設計された「グラスアイテム」の入る建物（令和４年９月）

【馬場】絵をやり始めたのは、平成八（一九九六）年ころからです。その前に少しチャレンジしましたけど。

墨絵

―五〇歳に差し掛かるころから、墨が良いなという感じになられたと。

【馬場】若いころからそう思っていたんですけどね。ただ、問題は白と黒との表情とか、そういうものがきちっと合わないと、うまくいかないんです。日本の墨と中国の墨は全然違うんです。中国の場合は、煙を作るんです。松の木を燃やして、煙が濃いのが出るじゃないですか。それを登り窯のように上げて

馬場画伯作品「奥入瀬雪景」（集估館展示）

いくんですよ。その上にムシロをかぶせてね、それを採集するんですよ。

馬場作品では、すべて中国の墨で描いているそうだ。

―色付きの絵も拝見しましたが、ご自身は、どちらがお好きなのですか。

【馬場】墨がライフワークでね。特殊な目をしてるっていうんですよ、平山先生が。ふつう、墨を塗って、その上に白で表現するんですけど、ボクは墨と紙の白だけで書いています。白は使ってないんです。

―先生の取材をさせて戴くために図録を探しましたが、ないのです。有名なのに、図録は作られないのですか。

【馬場】六四、五歳までは九九パーセントが文化財(の復元の仕事)です。三千院(京都大原三千院)と平等院が同時進行している時期もありました。

―要するに図録を作るヒマがないと。宇部に戻られたのは、いつですか。

【馬場】平成二八(二〇一六)年からです。

下積み時代

―それまで東京で活動されていたのですか。

【馬場】東京にデザインの会社を持っていたんです。ファッション関係の…。

―ファッションですか？　それって和風の仏像みたいなデザインなんかを…。

【馬場】全然違うんですよ。この前、亡くなられたですけど、三宅一生さん。あの人たちの下請けの仕事をしていました。JAL(日本航空)さんの紙バックのデザインとかもね。

―それはしのぎの仕事として…。

【馬場】基本的に絵じゃ食えんと思っておったんです。だから国内の水着はすべてやりました。当時、東レのキャンペーンガールで、かたせなんとかっていうのがおったでしょうが…。

―かたせ梨乃さん。

【馬場】そう。それから伊達なんてらっていう…、テニスの…。

―ああ、伊達公子さん。あの人のテニスのユニホームも先生のデザインですか。

【馬場】あの時はワンポイントかな。セシールの通販の布団とかの柄(のデザイン)もやりましたね。

―それを文化財の復元と同時にやるわけですか。

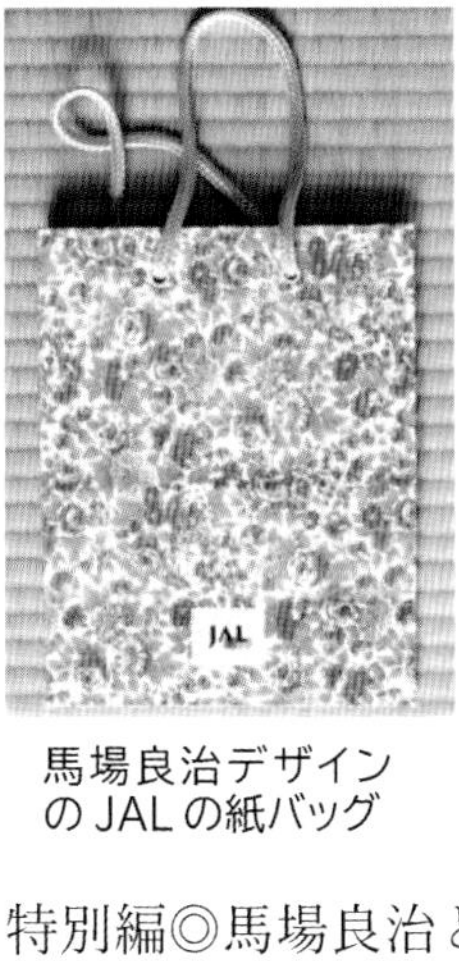

馬場良治デザインのJALの紙バッグ

【馬場】そうです。まあ、すぐ出来るような仕事でしたから。デザインは生活のためです。

―先生の画家としての評価といいますか、みんなから「わあー、すごい」と言われ始めたのを、ご自身でお感じになられたのは、若いころからですか。

【馬場】いや、いや。もう、六〇歳くらいからです。五〇代の終わりころから、絵を描きはじめましたので。それまではほとんど文化財の復元です。

馬場画伯は、人前に出るのが若いころから苦手で、一人では店も入れないと語られた。生活サイクルは朝七時ころに寝て、昼に起床。それから雑用をこなし、夕食後に休憩をとり、夜九時ごろから絵を描く生活が続いているという。夜中に一人で出歩くのはしょっちゅうで、警察官から「職務質問」されるのは日常とか。いつぞや自転車で、西高（県立宇部西高校）あたりを一人でうろついていたら、下着泥棒と間違えられたとも。

―下の田んぼも、自分でお作りになっているんでしょう。あれは馬場画伯の手作り米とでも呼ぶのでしょうか。

【馬場】千林尼（の石畳道）っていう船木に行く道があるじゃないですか。途中に溜め池があるんですが、そこの水だけがエメラルドグリーンのような…。それが、ここへ流れてくるんです。無農薬の米作りですよ。

上・アトリエに向かう馬場画伯
中・「この椅子で寝るんです」と語る馬場画伯
下・馬場画伯の水田（いずれも令和4年9月）

―田んぼはいつからされていますか。

【馬場】 平成八(一九九六)年ころからです。

〔※1〕『厚東』(第三集・昭和三九年)「厚東城に関する座談会」の「棚井地下図 遺跡分布図」にも「福太夫」の地名がある。

〔※2〕令和二(二〇二〇)年一一月にオープン(山田まどかさん談)。

〔※3〕山田絹代さん(昭和一一年生まれ)談。

〔※4〕グラスアイテムによれば令和四年が二二周年なので、それより二二年前に建てられた建物とのこと。

上・アトリエで描く馬場画伯　２段目・地神舎の「のり」壺
３段目〔左〕・アトリエのカラフルな棚　〔右〕・地神舎の「ハケ」のかけられた壁

大谷山荘に展示されている馬場画伯の「長門の海」(大谷山荘提供)

山口日産自動車株式会社山口大内店 2F ギャラリーに展示される馬場画伯作品

山口大学学生会館に展示されている馬場画伯の「奥入瀬雪景　雪中六趣　羅」

山口銀行に所蔵される馬場画伯の「秋」

あとがき

地元図書館の郷土本の棚に、ほぼ無名の人たちの句集や歌集、同人誌、短編小説集、体験記や記録集の類が所せましと並んでいる。なかにはアマチュアの域を超えたサボテン研究家（伊藤芳夫さん）のサボテン辞典のような本格的な本まで揃っている。それが前々から不思議だった。

本州西端のこの土地では福原俊丸さん（最後の領主・福原芳山の嗣子）の歌集『雲』が、大正一二（一九二三）年四月に刊行されていた。翌年には宇部文藝協会が立ち上がるので（大正一三年一月三一日付『宇部時報』）、そのころが文藝興隆の時期だったのだろう。

時代は第一次大戦後の「革新」期であった。英米流の自由主義と対峙するファシズムの科学主義の空気に満たされ、共同体重視型の文化芸術運動が盛んになっていた。

産業界では、俵田明の主導で大正一一年九月に宇部セメント製造が立ちあがっている。俵田は部下の中安閑一を連れて最初の外遊（昭和二（一九二七）年一〇月～同三年六月）を終え、昭和三年一〇月に沖ノ山炭鉱（のちの宇部興産㈱、現在のUBE㈱）を株式化する。直前の九月には、郷土研究雑誌『無辺』が「自耕社」から発行されるなど、活字文化の振興も産業の近代化と連動していく。

例えば『無辺』の創刊号では、前出の中安が「コンクリート走路」と題して、外遊で見てきたカリフォルニアのコンクリート道路を文化論として論じている。

背景：UBE㈱工場群　厚東川より望む（令和4年9月）

俵田自身は二度目の外遊後の昭和八（一九三三）年四月に、石炭から化学肥料を製造する宇部窒素工業を立ち上げていた。こうした「革新」の流れは、翌昭和九（一九三四）年七月に渡邊祐策（沖ノ山炭鉱創業者）の死で、更に加速してゆく。

拙著『村野藤吾と俵田明』（令和三（二〇二一）年八月刊）で示したように、ナチ・ドイツ下の政府機関から「ローテ・クロイツ名誉賞」を与えられた建築家・村野藤吾を俵田が招聘し、昭和一二年五月に渡邊翁記念会館を落成させている。巨大な美術彫刻たる荘厳な音楽堂だ。時を同じくして俵田は渡邊翁記念文化協会を設立。同年五月には月刊文化誌『大宇部』を発行した。

こうした工業と芸術・文芸・言論の融合が、戦後にまで受け継がれのではないか。そんな見立てが本書執筆の動機であった。そして書き終えた今、それを実感する。

一方で、ノンフィクションで苦労するのが個人情報保護とのバランスであった。事実を歪めれば、ノンフィクションは成立しない。かといって、リアルに表現すれば、関係者の機嫌を損ねることさえある。

実は、今回も同じ場面に出くわした。取材者の名を伏せたり、仮名にしたり、工夫を凝らしたのはそのためだ。

特に「庵野秀明」の取材では、庵野作品の著作権を管理する関連会社のK社長から、「取材をやめろ」との電話通告を受け、一時間に及ぶ議論も平行線のまま、自由に取材活動ができなくなった時期があった。

庵野氏の家族に電話取材をした際に、氏の関連会社に連絡が入り、前出のK社長から「脅迫して取材をしている」と言いがかりをつけられたのだ。同時に、シン・エヴァで街おこしをしていた宇部市役所にも通告され、あらゆる方面から圧力や困難が降りかかるありさまだった。

日本のアニメ界の神様になりつつある庵野氏の周辺は、そのイメージ管理にうるさいとは聞いていたが、まさか、ここまでとは思っていなかったのである。

そこで知人の編集者（東京都在住）に相談したところ、一連の出来事が経済雑誌『ZAITEN』（二〇二三年七月号）で、「紫綬褒章叙勲〈エヴァ庵野秀明〉の取材圧力疑惑」という記事として公表された。私自身も驚いたが、内容は正確で、「圧力など加えておらず、現状で揉めている認識もない」というK社長の証言も見えて興味深かった。

ともあれこうした経緯から、「庵野秀明」の項目には、エヴァ関連の一切のキャラクターや映像作品などが登場せず、一方で付録②の永山本家酒造場の「貴」の紹介部分では、SFアニメ PSYCHO-PAS（サイコパス）の映像が載るという、アンバランスな編集となった次第だ。後者は、田布施町出身の塩谷直義監督側から画像の使用許可が下りたからだが、そんなチグハグさも、この本の特徴と思って戴ければ幸いである。

もっとも本書で題材とした古川薫さんにしろ、女優・田中絹代の小説を書く前段階で、「彼女にはかなり下関に対する屈折したものがあって、それを書くには親族の小林家など口うるさい連中もいることなので、ちょっと書きづらい面もあります」（昭和五七

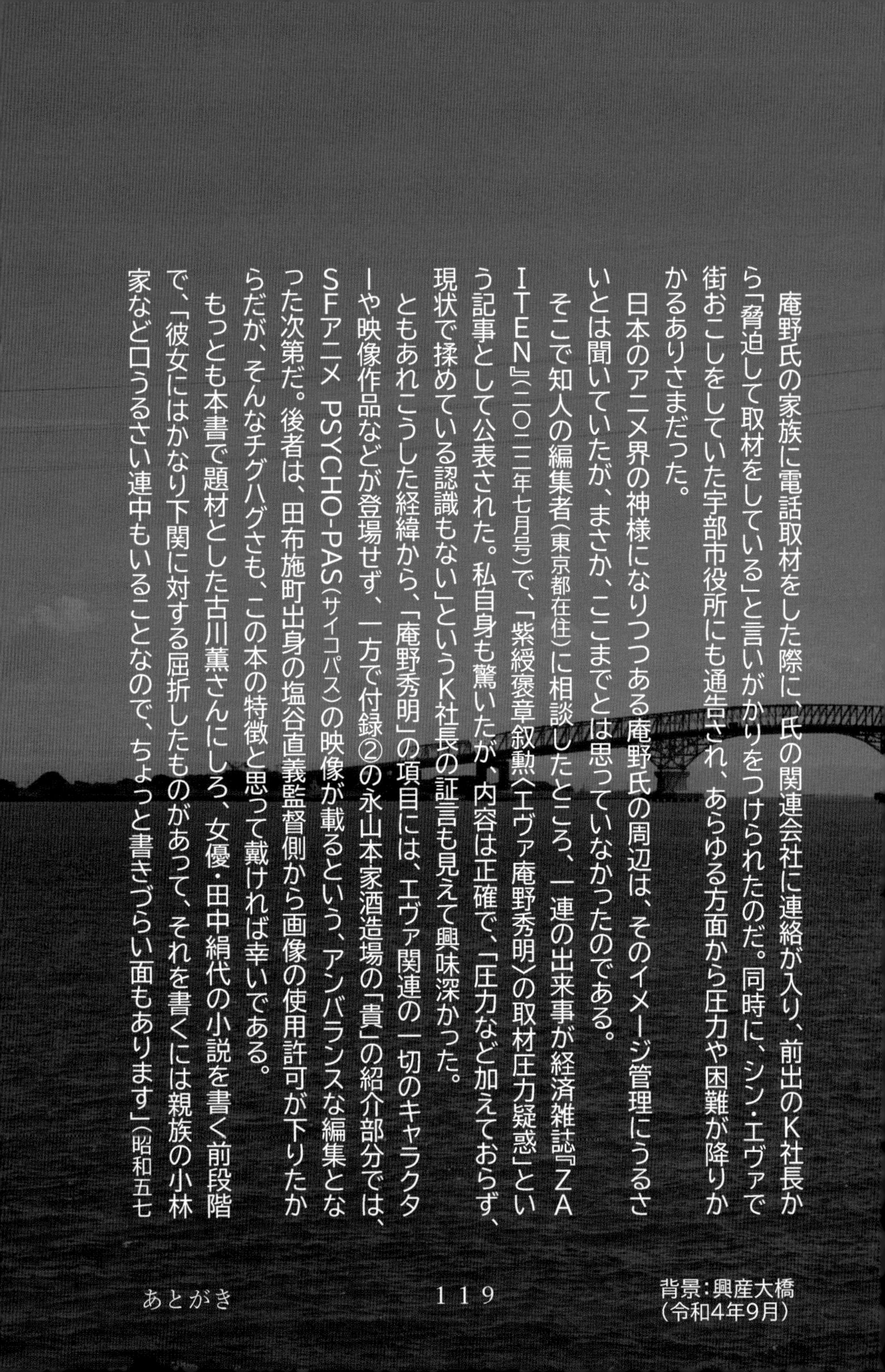

背景：興産大橋（令和4年9月）

年一一月一七日の消印のある中野眞琴さん宛ての葉書・本書の四二頁）と苦悩を明かしているので、モノカキには、ありがちな障害といってよい。

　とはいえ、郷土ゆかりの表現者たちの育った時代や環境、背景を炙り出すことに成功した手ごたえは十分に感じている。他に類のない詳細な人物評論となったのは間違いない。この土地でしか書けない資料的価値も担保できた気がする。

　多くの関係者から取材できたことも幸いだった。原稿執筆に利用している宇部市立図書館や、高度なレファレンスをしてくださった山口県立図書館にも感謝している。画像の利用を許可して戴いたサイコパス製作委員会や講談社にもお礼を申し上げたい。

　一方で周囲を見れば、元首相の暗殺（令和四年七月）や、社会学者への襲撃（同年一一月）など、言論の自由が脅かされる事件も起きている。言論や表現、報道の自由が、いかに重要かを思い知らされる時代であり、前述のように本書の執筆でもそれを痛感した。

　だからこそ表現者たちの原風景を発掘し、多くの人たちに真実を伝えることは必要と考える。限られた地域から、日本を代表する優れた表現者たちが多く輩出された背景を知るとき、地域の持つ文化的ポテンシャルも見えてくるというものだ。

　本書の目的は活字文化による地域史の発掘と、新たな魅力の創造である。加えて、発掘した情報の発信だ。そこには中央からでは見えない深淵な世界がある。

　一人でも多くの読者に、そのことが伝わることを願っている。

堀　雅昭

背景：UBE㈱工場群　厚東川より望む（令和4年9月）

〈主要参考文献〉

古川薫

堀雅昭「古川薫◎作家誕生秘話」（平成三一〔二〇一九〕年四月一八日～令和二〔二〇二〇〕年六月一一日『宇部日報』毎週木曜日掲載　全五〇話＋おまけ）
堀雅昭『阿知須の歴史と文化　―古川薫・上野英信の背景―』〔講演録〕山口あじすかたばみ会、二〇一六年
堀雅昭「〈宇部時代の古川薫〉及び〈安倍総理と琴崎八幡宮〉」（『宇部地方史研究』第四八号、二〇二〇年九月）
古川薫『わが風塵抄』古川薫文学碑建立発起委員会、平成一八年
古川薫『完走者の首飾り』毎日新聞社、一九九一年
古川薫『エアロプレーンと私のかかわり』二〇〇五年（田中絹代ぶんか館蔵・私家版）
堀雅昭『炭山の王国　―渡邊祐策とその時代』宇部日報社、二〇〇七年
宇部地方史研究会〔編〕『宇部地方史研究　第十五・十六号』「特集　語りつごう戦前戦中戦後」宇部地方史研究会、昭和六二年
下関市観光スポーツ文化部文化振興課〔編〕『拝啓　古川薫さん』下関市、令和二年
古川薫『君死に給ふことなかれ』幻冬舎、二〇一五年
宇部工業四十年史編集委員会〔編〕『宇部工業四十年史』山口県立宇部工業高等学校、昭和三六年
『アイハヌム』復刊実行委員会〔編〕『アイハヌム 2022　加藤九祚』平凡社、二〇二二年
加藤九祚『わたしのシベリア体験から』関記念財団、二〇一五年
『創価大学人文論集　第一〇号』創価大学人文学部、一九九八年
古川稔子『歌集　蝶道』古川薫、昭和五九年〔私家版〕
エッセイ山口の会〔編〕『エッセイ山口　第八集』古川貴温二〇一四年〔非売品〕
宇部市の空襲を記録する会〔編〕『宇部大空襲　―戦災五〇年目の真実―』宇部市の空襲を記録する会、一九九五年
二木謙吾伝編纂委員会〔編〕『二木謙吾伝』学校法人宇部学園、昭和五九年
久保善人・文屋浩二〔編〕『沖宇部』（第三号）沖宇部炭鉱文化同好会、昭和二五年（中野眞琴氏旧蔵）
『のんぶる』創刊号、東秀出版、昭和五九年
中野眞琴『山口という地方での文学雑記』昭和五八年〔私家版〕
中野真琴『「上野英信の生誕地にて」その他』平成四年〔私家版〕
『創立六十年史』山口県師範学校、昭和九年〔非売品〕
中津原睦三『文芸誌「多島海」のこと』一九八五年〔非売品〕
俵田明〔編〕『宇部産業史』渡邊翁記念文化協会、昭和二五年
下関市市史編修委員会〔編〕『下関市史・終戦-現在』下関市、平成元年
古川薫『走狗』柏書房、昭和四二年
古川薫『花も嵐も　女優・田中絹代の生涯』文藝春秋、平成一四年

古川薫・森重香代子『周防長門はわがふるさと』創元社、昭和六一年

※本編執筆のために、中野眞琴氏旧蔵の古川薫関係の同人誌、書簡、新聞記事などを多数使用した。

山田洋次

堀雅昭「山田洋次と秋富家物語」（平成一九〔二〇〇七〕年一一月一六日～平成二〇〔二〇〇八〕年五月三〇日『宇部日報』毎週金曜日掲載　全二九話〔第一部〕）
宇部市藤山区文教委員協議会・宇部市藤山区郷土史研究会〔編〕『宇部市藤山郷土史資料集』（非売品）昭和三七年
中西利八〔編〕『現代名士伝記全集　乾』新訳大日本史刊行会現代名士伝記全集編纂部、昭和七年
『藤山総鎮守西宮八幡宮　ご鎮座二百九十五年式年大祭記念誌』西宮八幡宮式年大祭実行委員会、平成二〇年
佐原隆己『大観秋田翁』〔非売品〕昭和二九年
中原義則〔編〕『成功美談　秋田寅之介氏奮闘傳』国民教育会出版部、昭和一五年
藤江正治『海外邦人の事業及人物』民天時報社、大正六年
末弘清〔編〕『山口縣人物史』山口縣人会、昭和一〇年〔再販〕
松尾鐵次『對馬近代史』對馬日日新聞社、昭和五年
島田昇平『秋田寅之介』昭和三四年〔非売品〕
溝部義雄〔編〕『在伯山口県人　移り来て五十年』在伯山口県人移住史刊行会、一九六二年〔非売品〕
山田洋次『映画館がはねて』中央公論社、一九八九年
『山田洋次・作品クロニクル』ぴあ株式会社、二〇〇五年
山田正『呟き』山田正巳・山田洋次・山田正三、一九七六年〔非売品〕
佐田智子『季節の思想人　佐田智子 interviews』平凡社、二〇〇一年
『山林広報　第七号』農商務省山林局、大正六年七月
『大正十二年度　第二版　満洲銀行会社人事名鑑』満洲銀行会社人事名鑑編纂部、大正一二年〔非売品〕
中西利八〔編〕『財界二千五百人集』財界二千五百人集編纂部、昭和九年
NHK出版〔編〕『わが 10 代アンソロジー「生きる」を考えるとき』日本放送出版協会、一九九九年
『断層』（三〇号）〔私家版〕一九九八年（宇部市立図書館蔵）
『断層』（四九号）〔私家版〕二〇〇二年（宇部市立図書館蔵）
『山田洋次監督　宇部物語　大切な人　ハルさんと呼ばれた男』うべYY会、二〇一六年
笠井泰孝『かもん』〔私家版〕、一九九五年
旧制高等学校資料保存会〔監修〕『白線帽の青春　西日本編』国書刊行会、一九八八年
都築政昭『寅さんの風景　―山田洋次の世界』近代文芸社、一九九七年
山田洋次『山田洋次作品集　8』立風書房、一九八二〔第三刷〕

『国立療養所山陽荘病院　創立50周年記念誌』国立療養所山陽荘病院、平成四年
『ラジオ深夜便』（二〇〇九年一月号）NHKサービスセンター
三浦綾子『三浦綾子対談集　希望、明日へ』北海道新聞社、一九九五年

庵野秀明

五十嵐太郎〔編〕『エヴァンゲリオン快楽原則』第三書館、一九九七年
藤田直哉『シン・エヴァンゲリオン論』河出書房新社、二〇二一年
保坂正康『平成史』平凡社、二〇一九年
小川寛大〔編〕『宗教問題』Vol.11　季刊　2015　年夏季号、合同会社宗教問題
大泉実成〔編〕『庵野秀明スキゾ・エヴァンゲリオン』太田出版、一九九七年
河出書房新社編集部〔編〕『「シン・エヴァンゲリオン」を読み解く』河出書房新社、二〇二一年
村上龍『愛と幻想のファシズム（上）』講談社、一九九〇年〔第一三刷〕（一九八七年・第一刷）
村上龍『愛と幻想のファシズム（下）』講談社、一九八九年〔第一〇刷〕（一九八七年・第一刷）
竹熊健太郎〔編〕『庵野秀明パラノ・エヴァンゲリオン』太田出版、一九九七年
「旅と鉄道」編集部〔編〕『エヴァンゲリオンと鉄道：補完計画』天夢人、二〇二一年
堀雅昭『宇部と俵田三代』宇部市制一〇〇周年出版企画実行委員会、令和四年
安野光雅『絵のある自伝』文藝春秋、二〇一一年
新集社〔編〕『宇部の彫刻』宇部市、一九九三年
齋藤睦志（クラフトワークス）・国立新美術館・朝日新聞社〔編〕『庵野秀明展』朝日新聞社、二〇二一年
藤谷文子『逃避夢』スタジオカジノ、平成一二年

―付録①・②―

山口県文書館〔編〕『防長風土注進案　第十一巻　徳地宰判』山口県立山口図書館、昭和三九年
池田雄蔵〔編〕『映画年鑑』時事通信社、昭和三四年
サル・ヴィッツィー＝フレイリー　スミス〔著〕、宇多田二夫〔訳〕『〈国際麻薬捜査官〉ヴィッツィー二』早川書房、
可児茂公〔編〕『復刻　山口縣寺院沿革史』防長史料出版社、昭和五二年
児玉一雄〔編〕『郷土二俣瀬』児玉一雄、昭和四八年
山口県文書館〔編〕『防長風土注進案　第十五巻　舟木宰判』山口県立山口図書館、昭和三六年
山口県教育庁文化財保護課〔編〕『山口県の近代化遺産』山口県文化財愛護協会、平成一〇年

『エヴァンゲリオンの聖地と３人の表現者』
出版企画実行委員会

宇部市制施行 **100** 周年を記念し、活字文化による地域のブランド化を目指して地元作家や有志者らで立ちあげた「宇部市制 **100** 周年出版企画実行委員会」を **2022** 年 **11** 月に改称しました。

《会長》　堀雅昭（作家）
《応援団裏方》　渡邊裕志（渡辺翁記念文化協会理事）
《特別顧問》　紀藤正樹（弁護士）
《実行委員》　河崎運（宇部市議会議長）、岩村誠（前同副議長）、唐津正一（宇部市議会議員）、兼広三郎（前同）、高井智子（山口県会議員）、村野仁（防長倶楽部事務局長）、中村一栄（㈱一栄社長）、永山貴博（㈱永山本家酒造場社長）、古谷博司（新光産業㈱社長）、河野剛志（宇部工業㈱社長）、正光利彦（大永商事㈱社長）、津室智山（浄土真宗・養福寺住職）、二木敏夫（共立工業㈱社長）、東谷和夫（㈱東谷社長）、山縣龍彦（㈱山縣屋社長）、瀧川宏司（浄土宗・観念寺住職）、丸茂広知（中津瀬神社宮司）、安成信次（㈱安成工務店社長）、小川秀広（㈱元山商会社長）、末冨健作（山口日産自動車㈱社長）、中尾泰樹（㈱ウベモク社長）、金子正己（防長工友会会長）、千葉泰久（山口県立宇部高校 OB 同窓会・かたばみ会会長）、三藤学（JA 山口県宇部緑茶センター所長）〔順不同〕

《事業部長》　内田多栄（宇部明るい社会づくり運動協議会）

《IT アドバイザー》　齊藤寛和（山口県よろず支援拠点）

読む人と書く人をつなぐ

UBE出版

宇部興産㈱〔現、UBE㈱〕」工場
（令和3年12月）

著者略歴　堀　雅昭（ほり　まさあき）

昭和三七（一九六二）年、山口県宇部市生まれ。宇部高等学校及び山口大学理学部卒業。作家。編集プロデューサー。厚東郷土史研究会顧問。著書に『戦争歌が映す近代』（葦書房）、『杉山茂丸伝』、『ハワイに渡った海賊たち』、『中原中也と維新の影』、『井上馨』、『靖国の源流』、『靖国誕生』、『鮎川義介』、『関門の近代』、『寺内正毅と近代陸軍』（以上、弦書房）。『靖国神社とは何だったのか』（宗教問題）。『炭山の王国』、『維新の英傑　福原芳山』、『宇部日報一〇〇年小史』（以上、宇部日報社）。『琴崎八幡宮物語』（琴崎八幡宮）。『うべ歴史読本』（NPO法人うべ100プロジェクト）。『いぐらの館ものがたり』（阿知須地域づくり協議会）、『村野藤吾と俵田明』（宇部市制一〇〇周年出版企画実行委員会・弦書房）、『宇部と俵田三代』（宇部市制一〇〇周年出版企画実行委員会）などがある。

エヴァンゲリオンの聖地と
3人の表現者

—古川薫・山田洋次・庵野秀明—

付録①　宇多田ヒカル

付録②　「貴」とPSYCHO-PASS

《特別編》　馬場良治と集估館

2023年3月15日　第1版第1刷発行

編著　堀　雅昭

発行所　UBE出版
〒755-0802
山口県宇部市北条1丁目5-20
TEL　090-8067-9676
印刷・製本　UBE出版印刷部

ISBN 978-4-910845-01-2 C0023

個人協賛と広告協賛社（企業・団体）

宇部興産㈱〔現、UBE㈱〕の工場外観（令和３年12月）

個人協賛

濵田素明　濵田紀子
古谷博司　河崎　運（以上、宇部市）
藤　三郎　藤　マサ（以上、大阪市）

共立工業株式会社

KYORITSU INDUSTRIES CO.,LTD.

<本社>　宇部市朝日町2-12　TEL：0836-31-6688㈹

https://kyoritukogyo.co.jp

株式会社
アルモウルド
産業プラントから精密部品加工・組み立てまで「約束を守る」開発総合メーカー
本社：山口県宇部市際波 1770-1
TEL 0836-41-1181
本社工場、有帆工場、大塚工場、プラントエ場、江汐工場、㈱ジャストン、小野田産業㈱、メディア研究所、東洋ダイス

馬場良治　集估館
文化財修復技術研究所
（馬場良治の作品を随時展示しています）
開館時間　11：30～16：30
休 館 日　火曜
〒759-0207　山口県宇部市際波 237 番地
TEL　0836-39-9916

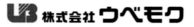

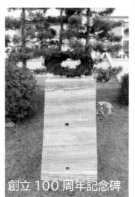

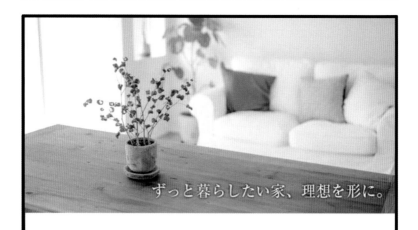

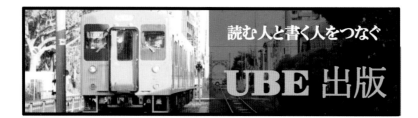

UBE 出版・委託販売部

2022 年の夏より出版実験を始めた山口県宇部市に拠点を置く小さな出版社です。UBE 出版は地方の表現者を応援します。

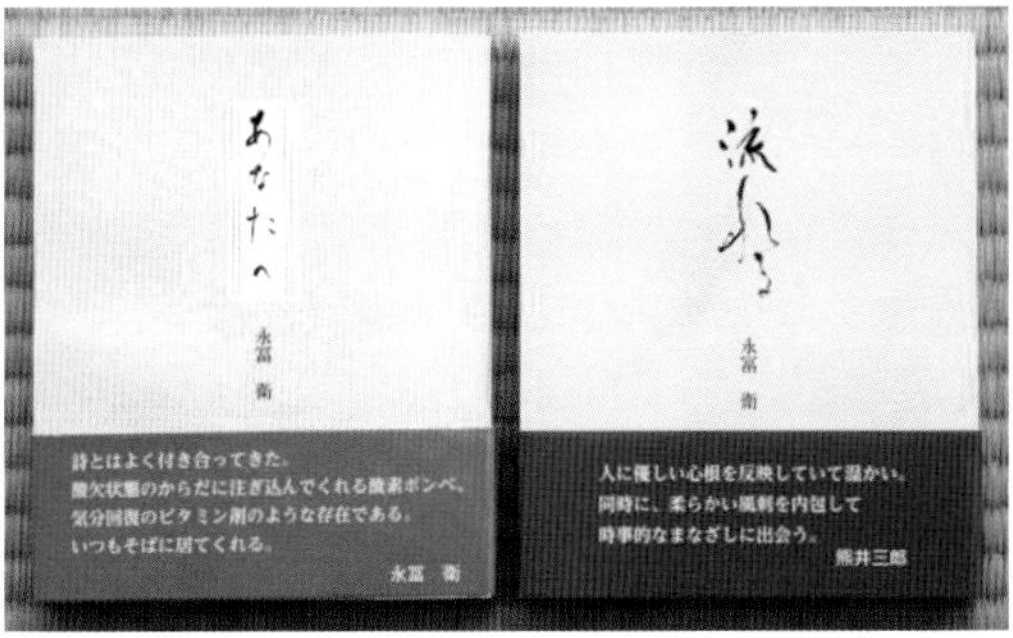

永冨衛の詩集『あなたへ』
第 53 回宇部市芸術祭「宇部市文芸大会」
詩部門宇部市長賞受賞作〈居場所〉所収
頒価　1500 円（本体 1364 円+税）

永冨衛の詩集『流れる』
頒価　1500 円（本体 1364 円+税）

永冨衛さん profile

1953 年　山口県宇部市生まれ
1980 年　島根大学大学院農学研究科修了
1986 年　詩人会議新人賞

詩集『近影』（1978 年）、『オレの人生はオレのもの』（1980 年）、『季　てのひらに』（2006 年）、『大丈夫』（2015 年）、『流れる』（2019 年）

季刊誌『土佐源氏つうしん』（1996 年から 71 号）

山陰詩人同人・宇部市在住